落難千金翻身記

下

風文創 946

溪拂 著

目錄

第二十五章

蘇清只是靜靜聽著她們說，反正娶妻這事急不來，何況現在也沒有對象，雖然他是秀才，但是蘇家只剩下他一人，要不是跟陶如意結拜成兄妹，讓徐娘做了他的乾娘，那就更是孤苦伶仃啊！

他現在只希望明年考試好好發揮，一步一步往上爬，功成名就了再來想這事。

陶如意看蘇清若有所思，微笑道：「大哥，是不是有什麼事情啊？」

蘇清抬眸，搖搖頭。「沒事，如意，妳要多休息，別把身體累垮了。」

柳絮從裡屋把那盤香瓜端出來給大家一起吃，聽到蘇清說的話，也跟著說：「大哥，你要多勸勸姊姊，她生病了還想著幹活，剛才都被我們說一回了。」

陶如意笑道：「就妳話多，吃塊瓜也不能堵住妳的嘴了？」

「柳絮說得對，妳就該好好休息，其他活兒有我們，實在做不好妳就在旁邊指點指點，定能做好的。」蘇清接過徐娘遞來的香瓜，笑著說。

陶如意只能答應大家好好養病，身體健康了才能去賺更多的銀子。

「清啊，這車要不就退回去吧，有了這車，我們還得有一個車夫啊，這樣琢磨的話就太不划算了。」徐娘說。

蘇清還真沒想到這個問題，以為家裡有了牛車，就能幫著減輕負擔了。車夫這事當然不可能去請，他不禁一籌莫展。

「大哥，看這車能不能退？如果到時候貨多，我們租一輛車去縣城就行了，才不會太破費。」

被她們這麼一說，蘇清想著自己想做好事反而成了大家的負擔，真是得不償失。商討到最後，還是把那輛牛車退回去。

蘇清還跟對方說了好話，看在他是白家村的秀才，才沒有多加為難。

陶如意在家裡休息了兩天，病早就好了，一直讓她躺在床上不幹活，實在受不了，手腳不動就像是有什麼事情沒完成一樣心焦如焚。

穿好衣裳，梳好頭髮，陶如意帶著重見天日的心情出了屋門，隔壁屋傳來朗朗讀書聲，蘇清在給孩子們講課。

這兩日蘇清開的學堂又招了兩個學生，是米店張掌櫃介紹來的，兩個學生是隔壁東山村的人，倒也是知根知底的。

這是寧哥兒跟她說的，每天晚上寧哥兒和王小胖都要去她屋裡與她聊聊，把一整天發生的趣事說與她聽。
這都要成了一種習慣了。
陶如意當聽眾，他們說，她聽，很是溫馨。
「徐娘，我來掃地吧，妳坐著歇會兒。」陶如意走到徐娘面前，把她手裡的掃帚接了過來。
徐娘關心道：「如意，妳這麼早起幹啥？快回去休息。」
「我都好了，再讓我躺著我會瘋掉的。」
「妳這孩子，說的什麼話，要不就坐著，我這裡也差不多收拾好了。」
「好了，好了，徐娘，妳就讓我做吧。」陶如意笑呵呵說。
徐娘見她這個樣子，只能回道：「好。」
陶如意在她家這幾年，已是什麼活兒都會做，一想起堂堂陶家大小姐淪落成這般，心裡就不是滋味。
為什麼善良的人要遭受不幸呢？
陶如意掃完地就去井邊打水，往院子的四周潑了潑水。
天氣乾燥，灰塵多，潑了水就好些。
「徐娘，柳絮呢？」

「她去村西了，說是找金花要點瓜籽，在咱們地裡試著種種看。」

「這樣啊，試試也行。」陶如意邊說邊往灶屋方向走去。「徐娘，今天我來做飯吧。」

「等柳絮回來了讓她做就好了，妳的病剛好，就不要操心了。」

「我沒事了，徐娘，幾日沒做飯，手癢了。」陶如意笑笑說。

徐娘想了想，說：「好吧，說實話，寧哥兒和胖哥兒都盼著妳做的飯菜，這幾日吃得比平常要少。」

「他們有跟我念叨過，今天就給他們做頓好吃的。」

進了灶屋，先把米淘了煮上，陶如意看到有好幾個馬鈴薯，就洗淨在鍋裡蒸了。

徐娘也一道進來，開始起火、燒火。

「如意，妳這是要做什麼？」

「做點馬鈴薯餅、油條什麼的，早上就吃這個好了。」

「昨天他們又抓了幾條魚，看著還挺肥美的，要不還是做魚丸吧？」

「不了，剛才看到那幾條魚，想說換換口味，我們做酸菜魚好了，等會兒去地裡拔點菜混著煮，再加上徐娘妳做的豆腐，想想都流口水了。」陶如意笑道。

「等會兒那兩個小子定會多吃兩碗飯。」徐娘掏掏火，不一會兒，鍋上冒起了煙。

每次吃飯時都會在院子裡擺兩桌，和那些學生一起享用，吃得開開心心，笑得合不攏嘴。

陶如意看著眼前這一幕，心裡也高興。

「姊姊，妳病一好，就這麼辛苦給大家做飯，都不知道怎麼說妳好了。」

「不知道怎麼說就不要說，大家吃得開心就行。」

飯後，徐娘和柳絮去收拾碗筷，陶如意就沒去幫忙了，拿了張凳子坐在屋外，托著腮，想著事情。

幾天過去了，她還沒去向李莊主說聲謝謝呢。

當年的救命之恩以及不久前發生的一切，她還沒去探究個明白。

要不……明日就去凌風山莊找他，問個清楚？

可是，那句話讓她卻步了，不敢上前去面對。

回頭再想，小落子不是來信說要來白家村找她們嗎？怎麼到現在都沒到呢？

或許等小落子來了問問他，他應該認得李莊主是什麼人，畢竟他認識田石櫃，其中原由多少會知曉。

還有……昨晚蘇清來找她，問了些情況。

兩人坦誠相對，蘇清早已對她的來歷有所疑惑了，昨晚全部告知，他一點都不覺得驚訝。

「如意，原來妳就是陶將軍的女兒，我一直都很佩服他，只想著有朝一日能像他一樣上陣殺敵，保家衛國。無奈我是一個手無縛雞之力的書生，真是慚愧。」蘇清嘆道。

陶如意說：「大哥，你怎麼能這樣說自己呢？終有一日，你也能發光發熱，為我們大津出力的。」

兩人聊了半個時辰，柳絮她們都沒去打擾。

把事情說開了，兩人之間就更加親近了，兄妹之情皓如日月。

「如意，妳就別擔心了，大將軍定會安然無恙，不久之後跟妳團聚的。」

陶如意聽了這話，心頭起伏不定。

她也是這麼期望著。

「如意，說起來我們真是太有緣了，一碗豆花讓我們相識相知，而我送給妳的那本食譜，也找到了它真正的主人，我可是一點都用不上的。」

說起那本食譜，還真是幫了陶如意很大的忙，要不是有這本食譜，她的廚藝也不可能突飛猛進，得心應手。

「大哥，真的很謝謝你送的食譜，這不，我們的日子能蒸蒸日上，都是多虧了那本食譜呢。」

陶如意笑笑說。

「老天爺這麼幫我們，此乃天意啊！」

一說完這話，兩人不由得相視一眼，笑了。

「姊姊，妳看，這是我在劉嫂那兒拿來的瓜籽，明早我就去地裡撒種。」柳絮手裡拿著一小包瓜籽，跟陶如意說。

反正地裡有一排空著，就試著種一下。

同在一個村裡，應該結果是一樣的。

「劉嫂這人真好，妳去跟她拿她都願意給，難得啊。」

「是啊，姊姊，我們真的是遇到貴人了。」

買賣上有什麼解決不了的，問劉嫂這過來人，一問就答，幫著解決。

世上真的很少有這樣心胸開闊之人，賺錢這事本就關係到利益，別人跟你無親無故，不一定會相助，可偏偏劉嫂就是這麼好的人，刺繡這活兒經她一介紹，路兒都走得通透，大家或多或少都賺了些。而劉嫂本人拿得最少，她還說不好意思賺這麼一筆，畢竟她都沒做什麼。

陶如意卻覺得該給的就得給，往後還要繼續合作呢！

「柳絮，明早我跟妳一道去地裡，順便看看其他的收成如何。」陶如意說。

徐娘走了過來。「這天都不下雨，地乾得很。」

她這段時間頭大得很，田地旁邊的水池都被村裡人挑著澆地，都要見底了，如果再不下雨，乾旱缺水，要種什麼都無法。

陶如意一聽，不由得抬頭看了看天，還真是反常，本來端午節前後定是要來龍舟水的，可是這麼幾個月了都不下雨，讓種田的百姓們很是難熬。

田地離家有點距離，從這口井挑水過去很是費力費神。

「我們是不是該去龍王廟拜拜，求求老天下場雨？」柳絮說道。

徐娘道：「妳還真是說對了，東山村昨日就去龍王廟求雨了，村裡上下幾十號人都去。」

「娘，那我們村呢？白族長沒說嗎？」

「說是說了，可是給東山村搶先一步，也不跟我們村商量，這麼不同心的行為令人有些心寒。」

平常一些習俗，兩村都是一起操辦的，就像端午節的賽龍舟、中秋節放孔明燈祈福，可現在求雨這件大事，東山村卻不跟白家村商討，自個兒就組織完成，太不地道了。

聽徐娘這麼說，白家村和東山村之間大概有了嫌隙，求雨這麼大的事情卻沒有跟白家村一道商量，難怪白族長會生氣。

陶如意道：「老天再不下雨，百姓的地都沒有收成了。」

大家都是靠著這點收成過日子的。

世道不安寧，百姓也跟著遭殃。

說到底都是因為奸臣當道，無人能反抗罷了。

要不然她的家人就不會平白無故成了階下囚，陶家幾代人對大津忠心耿耿，卻被按了個叛變之名，實在是可笑又可悲。

陶如意不想再去回憶往事，一旦想起，心中就滿是仇恨。

第二日，陶如意跟柳絮去地裡看一下，發現沒有及時澆水，種的秧苗都垂頭喪氣，一點精神都沒有。

兩人去旁邊的水池挑了水，把地澆了一遍。

不一會兒，兩人都汗流浹背的。

「姊姊，妳還是歇會兒吧，我來把剩下的活兒做了。」柳絮見陶如意滿臉通紅，勸道。

「一起做會快些。」陶如意繼續去挑水。

那水池還真是要見底了。

她們早早就來地裡幹活了，周圍的村民在她們做了一半時才來地裡。

「柳絮、如意，妳們這麼早就來澆水啊？」

白家村的族長白耀福經過她們的田地，看到陶如意和柳絮，就停下腳步嘮嗑兩句。

「族長，您也來地裡幹活啊？」柳絮回道。

「昨天有些沒做完，這會兒來看看。如意，我聽柳絮她娘說妳這幾天生病了，這才剛好吧，怎麼就來幹重活了？這天太熱，妳還是多注意點。」白耀福關心道。

陶如意對著他笑道：「族長，我沒事了，多謝您的關心。」

上次跟蘇清結拜兄妹，還是在這位白族長的見證下促成的，他在白家村也算是舉足輕重的人，大家都很尊重他的。

白耀福語重心長道：「活兒是永遠做不完的，身體才是最重要的。」

陶如意一聽白族長這麼說，不由感觸頗深。

他說的話有道理，可現實無奈，不得不幹活賺錢，養活自己。

天上不可能掉下餡餅砸在頭上，不做事哪有生存之本？

柳絮開口說：「族長這話說得太對了，我姊姊就是不聽，一見病好了就幹這幹那的，都不停歇，我娘都說了她好幾遍。」
陶如意只能趕緊轉移話題，這幾日聽的勸告多得耳朵都要長繭了。「族長，您家的地可是不少，您一個人怎麼做得完？要不我跟柳絮把這邊做好了就過去幫忙。」
白耀福回道：「不用了，我家幾個小子昨兒都一起來打理了，這會兒我來只是再看看罷了，沒什麼活兒可幹。妳們應該差不多了吧？澆好水了就早些回家，這大太陽曬得人難受。」
兩人對他點點頭。「族長，我們知道了。」
白耀福離開後，陶如意和柳絮就坐在樹下歇會兒。
有一排地沒種東西，柳絮就把從劉嫂那兒拿來的瓜籽撒上，試著種種看。
這時，陶如意聽到寧哥兒的聲音。
「陶姊姊、陶姊姊，家裡有客人找妳——」寧哥兒一路走來氣喘吁吁，滿頭大汗。
「你慢點，寧哥兒，來的人是誰啊？」陶如意問。
「他說是從縣城來的店鋪掌櫃，我娘讓我來地裡叫妳回去，那個掌櫃好像要訂貨什麼的。」寧哥兒急忙說。
柳絮笑嘻嘻的。「姊姊，是哪家掌櫃啊？怎麼都找上門來了，不會有大生意要招呼了吧？」

如果是念家店的掌櫃，寧哥兒是認識的，所以來的人應該不是念家店的人，是其他沒招待過的。

寧哥兒在一旁說：「那個人我還真見過。」

陶如意也疑惑，這時候誰會上門找她呢？她們的小買賣還沒有到這般程度。

「柳絮，我們收拾收拾回去，別讓人等。」陶如意說。

「好，地裡的活兒也幹得差不多了。」

收拾一番，三人就急匆匆的往家裡走去。

可不能讓客人乾等啊！

門口停著一輛馬車，院子裡傳來蘇清的聲音。「安掌櫃，您嚐嚐這個，是如意做的。」

陶如意一聽，這人蘇大哥認識？她看到那輛馬車有「安」字的徽牌。

進了院，徐娘見到陶如意回來了，笑著說：「如意，快來，安掌櫃等妳有一會兒了。」

陶如意抬頭望去，蘇清對面坐著一位中年男子，她看著有點熟悉。

在腦海裡想了一遍，這人不就是安隆街開安家布料店的掌櫃嗎？

柳絮也想起來了，低聲跟陶如意說：「姊姊，這人我們見過。他來做什麼啊？」

陶如意搖搖頭，她也不知道葫蘆裡賣的是什麼藥，只是笑笑走上前，對著來人福了福身道：「安掌櫃，讓你久等了。」

來者是客，她這禮數還是得做周到。

安掌櫃起身，也對陶如意回了個禮。「如意姑娘，看來妳是認得我的。在下安洛明，是安家布料店的掌櫃，這次來找姑娘是有事想跟妳商量商量。」

無事不登三寶殿，陶如意當然明白。

「安掌櫃，請坐，不知道有什麼事還得讓你親自來白家村？」陶如意笑道。

蘇清坐在旁邊不說話，只是給兩人倒了茶水。

柳絮站在陶如意後面，也想知道這人有什麼事找她家小姐。

安洛明微笑道：「我們安家鋪想跟如意姑娘做筆生意。」

陶如意一聽，有點驚訝。安家鋪做的是衣裳布料的生意，跟她一點都搭不上邊，怎麼就來找她了？

而且，安家鋪在梅隴縣周圍的生意做得挺大的，他家的貨品有分高、中、低級次，按著買家分流，所以各方面都適合，不缺客源。

陶如意曾經打聽過，當時為了在安隆街擺攤賣豆花，把整條街市走了一遍，問了一遍，知己知彼，才能順利做事。

「安掌櫃，你是不是找錯對象了？我怎麼能做布料生意，我們可是一點都不懂這一行的。」陶如意如實說道。

安洛明回道：「如意姑娘，妳們不是有做一些刺繡去賣嗎？我聽說賣得不錯，還雇用好幾個村婦幫忙趕貨呢。」

這安掌櫃倒把一切都打探清楚了。

「那家繡品店不會也是安掌櫃你們的？」陶如意想了想，問道。

安掌櫃點點頭。「如意姑娘還真是猜對了，那家店也是我們安家的。」

第二十六章

聽安洛明這麼一說，陶如意心裡了然。

可是，就算是做繡品，她也只是個中間人罷了，一間這麼大的店鋪，怎麼會來找她合作呢？

「安掌櫃，你應該也清楚，我們賣的那些繡品，大都不是我們繡的。」陶如意實話實說。

安洛明明白她們有所疑惑，說道：「這些我都了解，我們是想要如意姑娘給我們設計一些圖案，讓我們安家紡織有更多的款式。」

原來是這麼一回事。

蘇清笑笑看著陶如意說：「如意，看來妳畫的畫都出名了。」

陶如意道：「大哥，你就不要取笑我了，我那些算不了什麼的，是安掌櫃抬舉我了。」

在一旁的柳絮聽了個明白，也笑道：「我家姊姊真是厲害，那時候把繡品拿去賣，那個店家瞧一眼就收下了，這絕不是誇大說的。」

陶如意抿抿嘴，這兩人怎麼當著行家面前這般誇她，都讓她無地自容了。

安洛明見陶如意垂首的樣子，怕她有所遲疑，笑道：「如意姑娘，這次妳可要答應啊，價錢我們可以好好商討。」

他這次親自來白家村找陶如意，就一定要把這事做成，因為安洛明的父親，也就是安家店的老闆，把這任務交給他，就務必要完成，這對他們家的生意有很大的作用。

陶如意想想這也不是多難的事情，可是她畫的圖案比較簡單，怎麼會讓那些高門貴府之人喜愛，他們可是追求華麗錦繡的。

陶如意十分明白她們的喜好，當年陶家還在大興有一席之地時，她也跟著那些高門大戶的閨女們一道去挑選服飾，只有雍容華貴、光彩耀人的才能入了她們的眼。

「安掌櫃，有生意做我們當然歡迎，只是我那點活兒真的能成嗎？」陶如意還真有點不敢相信。

「當然可以，只要妳多畫些圖案，一定能賣個好價錢的。老實跟如意姑娘說，我們安家在梅隴縣還有一間染坊，所以自產自賣，比別人可是省了好多事。」

陶如意聽了十分驚訝，安家鋪做得還真是大，什麼行業都沾上邊，那倒是不錯。

這時，徐娘端了四碗綠豆湯過來給他們幾人解解暑。「來，先喝碗綠豆湯，這天太熱了。」

幾人都笑著跟徐娘表示謝意。

安洛明也不拘束，說了句「謝謝」就端起碗喝了起來。

之後，幾人談得甚歡，東南西北都說了一遍，把大概的買賣過程討論了下，陶如意覺得做得來，有錢賺當然是答應的。

安洛明告辭後，柳絮就跟陶如意說：「姊姊，這安掌櫃還真是好相處，一點都看不出來是安家的大掌櫃。」

的確是這樣，安掌櫃沒有一點架子。

蘇清說：「安掌櫃本可以去謀個一官半職的，卻被他的父親安排在身邊幫著做買賣，其實前段時間不是有人介紹我去抄書，就是他介紹的。」

原來是這樣，難怪他們認識。

徐娘在一旁說：「清，那這家是可靠的了？不過也是，這麼多間鋪面的產業，當然不會來糊弄我們如意的。可是，如意，如果妳答應做這事，豈不要更忙了？」

雖然有錢賺，但是付出的精力就更多了，她有點擔心陶如意應付不來。

這幾天生病了，人都瘦了一圈，臉色也不好，徐娘這些天總是熬了湯給陶如意補補，雖然沒有什麼山珍海味、大魚大肉，可生病的陶如意也吃不了那些油膩的，徐娘就熬了雞湯，反正家裡有養雞，就宰殺了兩隻。

「徐娘，妳放心吧，這種活兒難不倒我。我們家裡不是還有蘇大哥這位秀才在嗎？他也可以給我指點指點的。」

蘇清笑道：「如意妳這是在取笑妳大哥我了，我對畫圖不是很在行。」

陶如意盯著他道：「大哥，你糊弄得了徐娘、柳絮她們，可騙不了我。我見過你畫的，栩栩如生，惟妙惟肖。」

有一次見過蘇清畫的圖、寫的字，陶如意深深的被它吸引住了，遲遲回不過神來。

「這麼高的稱讚，蘇某受不起啊！」蘇清說道。

這時，白秋寧和王小胖兩小子走了過來。

「陶姊姊說得對，蘇先生的畫很好看。」王小胖笑呵呵說道。

「大哥，你瞧瞧，連胖哥兒都這麼認為，我沒說錯吧。」陶如意嘴角上揚，微笑道。

「他們懂什麼啊，只要是有趣的都覺得好。不說這些了，如意，妳這樣什麼都做的話，真的會吃不消。」蘇清的擔憂跟徐娘一樣。

「能賺幾個錢就做做看，若我做不了，還有你們幾人能幫忙。」陶如意笑道。

過了幾天，安洛明再一次來白家村找陶如意，把想要的設計跟陶如意做了說明。

安洛明對一個在鄉下生活的女子有這麼多的認知，一點不覺得驚訝，各人有個人的祕密，他沒有去多加探究，只要彼此能合作愉快，多多賺錢才是上道。

接下來的一段時間，陶如意就忙多了。

柳絮和徐娘把念家鋪要的糕點，按照陶如意的指點做了，現在天熱，糕點不能放太久，只能在量上減少些。陶如意說要保證口感，不能把招牌口碑給弄沒了。

蘇清白天在學堂教那十幾個學生，晚上空點時間出來繼續抄書，離明年的考試還有些日子，蘇清不擔憂。

徐娘打算在學堂旁邊的一小塊空地建一間房，她跟陶如意和蘇清商量了一下，兩人當然同意，還拿出銀子給徐娘，湊著去請瓦工、買材料。

「我瞧著住的人多了起來，而且生意也越做越大。」說到這句，徐娘都笑開了。「我們總要有地方放東西什麼的，總是讓寧哥兒、胖哥兒跟清一起住也不是個辦法。」徐娘解釋道。

聽王良平跟她說的意思，他的兒子王小胖打算在她這裡長住下去，不過王良平給的銀子也很多，從不會虧了她。

「徐娘，妳就按著意思去辦吧，我們這麼努力賺錢，不就是為了吃頓好的、住得舒服嗎？」

一說定要修葺房屋，徐娘就開始著手辦這事。

她去請了白平貴生前一起幹活的兄弟來幫忙建房子，這樣比較可靠些。

徐娘對建房子基本上都是親力親為，不想有半點疏忽。

能自己做的，她自己出力做，像是搬磚、挑沙什麼的，才過了幾天，徐娘整個人都曬黑了，還瘦了一圈。

如此用心，算下來倒也省了不少銀錢。

不過讓大家看著心疼，勸她不要那麼辛苦，徐娘說了讓她們放心，她自己會照顧好自己。

徐娘是十分高興的，能把自家擴大，是這大半輩子想都不敢想的。

這都多虧了陶如意和蘇清，要不是有他們，徐娘也沒膽量提出來。

白家村的左鄰右舍看著徐娘這邊熱火朝天的建屋，有人替她高興，有人羨慕妒忌，一個寡婦還能有多餘的錢修葺房子，這太不像樣了。

尤其是離徐娘家不遠的白河北的婆娘李氏，每天都往這裡盯著看，心裡很不舒服。

前段時間還看到有坐著馬車的人來拜訪徐娘，說是來跟他們談買賣的，那位蘇秀才以前可是窮困潦倒，有了上頓就沒了下頓，如今還能給他們牛車代步，他們的日子過得還真是舒坦。

李氏的孫子白大地在蘇秀才門下讀書，每天都要叫好幾回這小子才依依不捨的回家，這小子還怨他們那麼早讓他回家幹啥，他都沒吃夠呢。

這小子簡直是白眼狼，竟然覺得別家的飯菜香。

其實，白大地多在徐娘家吃飯，這也是可行的，這樣自家就能省一口飯菜，白大地現在在長身體，每頓飯都要吃兩大碗，家裡那點米都給他吃少了。

至於住在徐娘家的陶如意，這小妮子做買賣挺厲害的，才一、兩年時間就賺了好多，還雇了幾個村婦幫著幹活，做的糕點直接就在念家鋪裡擺著賣。這幾家店鋪都是有名的，連她都只是聽人家說，還沒去見識過呢。

她們也太好運了吧？

李氏覺得自己那兩個兒子都比不上一個姑娘家，起早貪黑幹活也就只能填飽肚子，人家卻天天好魚好肉，如今還擴建房子了。

「你說說，徐娘家那麼猖狂，是不是有什麼見不得人的事啊？」李氏越想心裡越不得勁，跟坐在屋外做著活兒的白河北嘮叨著。

白河北聽了自家婆娘這麼說，蹙著眉頭說她。「妳說的什麼話，人家辛苦賺錢，哪有什麼見不得人啊？妳這嘴巴可不要亂講。」

他家婆娘不懶不好吃，就是胡說八道這一點不好，所以總給家裡惹來一些是非，白河北只能在背後幫著給人家道歉講好話。

李氏一聽白河北這麼說她，氣鼓鼓道：「我哪裡有亂講啊？這明眼人都見著，幾個女人在短短時間就能賺那麼多錢，不是胡來怎麼可能？」

白河北實在聽不下去了，她又要開始作妖了，起身指著她道：「妳就少說兩句，人家怎麼樣都不關妳的事，好好做妳的活兒就行。」

「我不就是跟你閒聊幾句而已，你這麼生氣做啥呢！」

「妳是什麼樣的人，我會不知道？跟我只是閒聊幾句？我怕一會兒妳就要說得全村都知道了。」

白河北很清楚他家婆娘是什麼樣的人，不去嚷得全村知道她就不罷休，兩個兒子都成了家，也因為這個都不願意跟他們兩老住在一起，寧願辛苦點也要搬出去住。白大地是他們家的大孫子，李氏怎麼也要帶在身邊，大兒子無法，只能讓了這一步。

「說了妳好幾回，妳總說不聽，妳就不能讓我省省心嗎？」白河北苦口婆心說道：「妳不想想自己，也要為兩個兒子考慮一下，大家都在白家村，抬頭不見低頭見的，好意思嗎？大地還在人家那兒讀書，現在都被教得知書達禮，妳這個祖母要感謝人家才是，如今卻在背後指指點點，說三道四，妳……」白河北越說越氣，腦門兒都疼了。

「老頭，你今日是怎麼了？有話好好說，怎麼就上勁了呢？」李氏見白河北氣呼呼的樣子，急忙走上前給他順順氣。

「我說了多少次了，哪一次妳有聽入耳啊？」白河北這次真的要好好給李氏一個教訓，讓她明白在背後說人家是不行的，或許人家也在背後議論著她呢，還是給大家留點口德吧。

「好了，好了，你就坐下歇歇吧。」李氏低聲道。

不能惹得老頭上火，吵來吵去就會讓外人笑話。

李氏對於自家門面倒是看得很重，有什麼揪心事也只能忍著，所謂家醜不可外揚，她知曉這一點。

可對於別家的大小事，她就很上心去打探，這樣跟村裡幾個要好的婦人一起坐著聊天才有了話題。

就因為這樣，有時候白河北都不讓她出門去找那些村婦閒聊，一去定不是好事。

可是，李氏就是對徐娘有意見，她一個寡婦怎麼能這麼上進，一家子搞得風生水起，哪個知道了會不妒忌呢？

「老頭，我猜的也不會錯，徐娘暗地裡一定在做其他的事，要不然靠那些糕餅就能賺大錢？」李氏又老調重彈，她不說就心裡不舒服。

白河北無奈的嘆了口氣，看了李氏一眼，說道：「妳真的死性不改，剛剛才說妳，妳又說三道四了。我不管妳了，妳要是惹了什麼是非，妳自個兒去解決，兩個兒子也不會管妳的。」

說完，白河北去屋門後拿了把鋤頭，一扛上就出門了。他這會兒不想看到李氏，還是去地裡幹活吧，好久沒有下雨了，那塊地都乾枯了，他想要引水入田，畢竟那道水渠也沒有多少水了。

李氏見白河北出去了，她就跟在後面出了門，去前面的大樹底下找找閒逛的婦人，一起嘮嗑嘮嗑。

見到熟悉的人後，李氏就附耳跟那人說了徐娘的閒話。

那人一聽完李氏說的猜測，也一道附和著說：「真的假的？我也是覺得奇怪，她一個婦人，怎麼可能會賺到那麼多錢啊！」

李氏點點頭道：「千真萬確，要不然妳說，她這會兒怎麼就能修葺房屋呢，日子過得可是瀟灑得很。」

這添油加醋的活兒，李氏可是輕車熟路的，一點含糊都不會。李氏就是喜歡這樣，這邊說兩句，那邊說三句，大家圍著她聽她講，她都能滔滔不絕的說上大半天。

那人也是見識過徐娘當年的勞苦，白平貴走後，她一人帶大兒子，女兒柳絮沒過幾年就去縣城外做工，那幾間瓦房還是白平貴給她留下的，現在卻能擴建，還真是想不到。

這人還算有點想法，她也清楚李氏是喜歡說人是非的婦人，所以也不敢多加造次，李氏見她後來不跟著附和了，只能臉色不好的找另一邊坐著的人說去。

沒一會兒，徐娘一家得不義之財的謠言就在白家村傳得滿天飛了。

至於陶如意她們還不知情，她在裡屋認真的思考著圖案，安洛明讓她半個月內交十張圖，還先給了訂金二兩銀子。

第二十七章

離開靈隱寺都好些天了，人家都沒有上門來好好道謝，李承元有點鬱悶，甚至還失眠了兩夜，這簡直是活受罪，每日清晨醒來，整個後背都是濕的，渾身黏糊糊的，他把這一切都歸於大夏天惹來的。

起身洗漱後就去院子裡打了一套拳，出出躁氣，緩緩心神。

跟在身邊的田石櫃都看出了異常，但又不敢去問老大發生了什麼事讓他如此頹然。

平常空閒的時候，老大會叫張一水、劉三刀和王二十幾人一道打打牌消遣一下，可如今，老大一個人坐在花園的魚池旁，看著池裡的魚兒游啊游。

王二十見了這情景，很是驚訝，低聲對田石櫃說：「石櫃，老大這是怎麼了？臉色不太好。」

田石櫃自己也不知道為什麼，一天一天過，老大更是沒好臉色。

「老大他這幾日少出去，葉將軍他也沒來找老大。」田石櫃把能想到的都想了一遍，還是無法找出原因來。

老大不高興，他們這些屬下也會跟著不好過的。

「二十，要不你去找三刀和一水，湊一盤跟老大玩玩？」田石櫃說道。

王二十也不傻，當然不會聽田石櫃提出的意見，擺手道：「要去你去，我才不去找挨打呢。石櫃，你還真會打算，上次都給你逃過一劫，這次還來攞我們幾人一道啊。」

田石櫃皺眉。「我這麼說還不是為了讓老大散一下心，別總這麼愁眉苦臉的，我們看了也不好受。二十，我說的對吧？」

王二十不理他，垂首避開老大往花園的另一邊走去。

田石櫃見王二十不搭理自己，也識趣的跟在後頭走。

李承元看到了，把他叫住。「田石櫃，你這麼垂頭喪氣是幹什麼，凌風山莊缺你吃、缺你穿了？」

田石櫃心裡暗暗叫苦，怎麼如此倒楣被老大發現呢，王二十可是比他先走開的啊！

「沒有啊，老大，我是不想打擾你，所以就……」田石櫃忙解釋道。

他只能抬頭跟老大對視一眼，這麼一個對視，讓田石櫃感到十分驚訝，老大眼底發青，臉上暗淡無光，這、這……

田石櫃不敢叫出聲來。

停住腳步的王二十躲在花園拱門邊，他聽到老大叫住田石櫃，想聽聽上場的好戲。

李承元道：「這段時間沒見你們操練，看來我得讓你們見識見識落下的該如何補回來。」

一明一暗的田石櫃和王二十，一聽老大說這話，臉上都露出了百苦難噱的表情。

田石櫃忙道：「老大，我們都有按時操練啊，你瞧瞧，我的力氣都長進不少。」說完還伸出自己兩條強壯的胳膊給李承元看，讓他相信自己說得沒錯。

李承元連頭也不抬，看都不看他一眼。「是嗎，田石櫃，我可是聽說前日追一個偷搶的，連氣都喘不上來。」

躲在暗處的王二十聽了，忍住別笑出聲來。原來老大什麼都知道啊，他以後可要小心點了，要不然就真的被敲打都不知道原因了。

田石櫃忙解釋。「沒有啊，老大，我怎麼可能會追不上一個小偷呢？老大，我跟著你這麼久，你應該知道我是如何的啊！」

李承元抓了把魚飼料往水池裡扔過去，拍拍手站起身，道：「既然你力氣大有長進，那就跟我比試比試，讓我看看是不是如你所說的大有長進了。」

田石櫃更加愁腸百結，老大這是要找他出氣了，如果他跟老大比試的話，最終的結果不是缺條胳膊就是折斷一條腿了。

他不能「迎戰」，尤其是在這個時候，「迎戰」了就是給自己找罪受。

田石櫃佯裝淡定，嘿嘿一笑。「老大，石櫃哪、哪敢跟你比試啊？老大一定是最、最厲害的。」平常很會說話的田石櫃此時都詞窮結巴了。

王二十在心裡默默給田石櫃祈禱，這次他是夠嗆了，竟然堵在老大的槍口上。

李承元沈聲道：「怎麼不敢跟我比試？凌風山莊可是公平競爭的，誰變強了誰就能得賞，石櫃你在這裡待得久，是明白這一點的。」

田石櫃見老大冷峻陰沈的臉，只能笑道：「石櫃是知曉的，我們凌風山莊人才輩出，我可不敢去搶這個風頭啊！」

李承元當然不是一定要跟田石櫃比試力氣，只不過見他不爽說兩句順順氣，見田石櫃這麼無措的舉動，他似笑非笑的繼續調侃下去。「石櫃，你搶的風頭可不少啊。」

田石櫃忙道：「哪有？老大，你就不要再說我了，我聽著可是心驚驚的。」

凌風山莊上下都怕李承元，不僅因為他是山莊莊主，而是身為老大的他做事凜冽凶狠，不得有半點閃失，如果哪一步做錯了，不管是誰都要受到應有的懲罰，誰求情都不行。

但是，有時候老大又很有善心，屬下誰有困難，他都會背地裡幫著點、照顧些，所以大家都很敬重他們的老大，老大說一，大家絕不會說二，忠心耿耿的跟著老大一起走南闖北。

李承元道：「石櫃，你不是膽小之人，我是知道的。好了，等會兒把那些兄弟叫到操練場集合，讓他們好好活動一下筋骨，別到時上了戰場都像病秧子一樣。」

田石櫃回道：「老大，兄弟們可是才剛操練完啊，還要再來一遍嗎？」他見老大不緊抓著他不放了，就大著膽子為兄弟求個情。

李承元盯著田石櫃看，沈默片刻，笑道：「我說石櫃，你怎麼就這麼不知好歹，竟然為他們說話了，看來你自己想要跟我比試比試，那我就如你所想，等會兒去操練場，我們比試一次。」

在花園拱門邊躲著的王二十聽見田石櫃這麼為兄弟著想，他還挺感動的，可是老大卻這麼說田石櫃，這該怎麼辦啊？

他可不想最後給田石櫃「收屍」啊！

怎麼辦？

王二十如熱鍋上的螞蟻，忐忑不安，他是不是該去找劉三刀他們，一同來想想辦法給田石櫃解圍呢？

畢竟大家都是兄弟，怎麼也不能讓田石櫃一人去遭罪啊！

老大現在在氣頭上，大家應該把老大的氣安撫好就好，要不然天天這麼折騰，大家都一起不好受。

王二十立刻去找兄弟們。

李承元抬眸往拱門處看了看，輕哼了一聲。「這些小子都不讓人省心。」

田石櫃不知道老大嘀咕什麼，就問：「老大，你說什麼？」

李承元瞪了他一眼，說道：「田石櫃，我問你，那個陶什麼的這幾天有沒有來找過你？」

田石櫃被老大這麼猝不及防的一問，一時沒回過神來。

老大是什麼意思？

「老大，你是指什麼？」田石櫃再次問，他都開始懷疑今天自己的耳朵有問題。

李承元語氣不太好，問道：「那個白家村的姑娘有沒有來找你？」

田石櫃恍然大悟，原來老大問的是白家村的柳絮姑娘啊！

他笑笑說：「老大，你問的是柳絮姑娘吧？她沒來找我，不過前日在安隆街遇到她，就是追小偷的那一日。」

李承元對田石櫃這腦筋轉的程度無可奈何，但柳絮是陶如意身邊的人，應該也知道點什麼。

他再問：「那柳絮姑娘有跟你說什麼了嗎？」

田石櫃回道：「那天她急急忙忙趕著回去，也沒多說什麼，我只聽說她姊姊生病了。」

陶如意生病了他是知道的，都過了幾天了還沒好嗎？

那天在靈隱寺連見個面道別都沒有，直接留下一張字條就離開了。

李承元想，自己跟一明大師和葉時然說的話，陶如意應該是聽到了。

雖然他沒有親眼見到陶如意過去找他們，但從葉時然那副看好戲的樣子就能說明他猜得沒錯。

他說的那句話，也不是沒有可能的。

為了鎮國大將軍女兒的安危，娶她護在身邊也是一個好辦法。

反正娶誰都一樣，他父親不會有什麼異議，如果娶了陶如意，父親會更加贊成的，畢竟兩家都是生死之交，陶如意的父親陶文清跟他父親安順王曾在戰場上有過共生死、同患難的交集，所以當陶文清被陷害後，他父親可是為了幫陶文清，再次出手上陣，擊退外敵，就以這個為交換條件，讓當今聖上給陶文清洗冤情，放他出獄。

李承元道：「還有說別的嗎？」

田石櫃想了一遍，確定沒有說其他的，回道：「老大，柳絮姑娘沒有說別的了，她還送了我一盒桂花糕，然後她就走了。老大，那盒桂花糕被我跟兄弟們分著吃了，我見你在房裡不出來就沒去打擾，那桂花糕冷了就不好吃了。」田石櫃一隻手撓著頭，笑嘻嘻說道。

李承元無奈的笑了，從田石櫃嘴裡根本問不出什麼，他只懂得吃，去年在安隆街遇到陶如意擺攤賣豆花，田石櫃不就是在她攤位吃了好幾碗豆花，多給了陶如意好幾文錢，那時陶如意對著田石櫃眉開眼笑的，而他偷偷給了一百兩銀票卻一點表示都沒有。雖然是偷偷給的，可她那麼聰明的一個人，當然會猜到是他做的。

安洛明出手闊綽，陶如意答應接下這單生意，當然要按時完成設計圖，不能做個言而無信之人。

這十幾天都是白天做糕點，夜晚就想圖案、畫圖案；連前兩天柳絮跟她說在安隆街遇到田石櫃這事她都沒怎麼多問，因為她本來打算去找田石櫃問問一些情況的。柳絮瞧她這麼辛苦，也就沒再提去答謝大恩人這件事情了。

這日，陶如意提早把念家鋪要的紅豆糕做好，就進屋去畫圖了。就差兩幅，如果等會兒完成了，明天就可以交給安洛明。

過了沒半個時辰，外頭就傳來一陣聲響。

陶如意從木窗往外看去，見到徐娘坐在院子的木桌邊，柳絮在一旁氣呼呼的。她叫了柳絮。「這是怎麼了？徐娘沒事吧？」一邊說邊走出去，瞧著兩人很不對勁。

本來徐娘和柳絮母女不想打擾陶如意的，讓她好好把接下的活兒做好，畢竟這單生意她們也幫不上忙。

柳絮道：「姊姊，沒事，妳進屋畫妳的圖吧。」

這模樣不像沒事，陶如意又問：「徐娘，妳怎麼愁眉苦臉的？發生什麼事了？」

徐娘不由嘆了口氣，她能說什麼，整個白家村把她家傳成那樣子，以後有什麼臉面去跟人家說親啊。

本來她堂堂正正的過日子，不偷不搶的，現在才過上好一點的日子，白家村的人就開始眼紅了，招惹來那些不堪入耳的流言蜚語。

徐娘很是痛心，就連多年不來往的那些遠房親戚還來找她，告訴她要好好做人，一個寡婦守到現在兒女大了，就要為兒女多考慮些。

當時徐娘被人說得莫名其妙，只能硬著頭皮問到底是怎麼回事？那人才把聽到的傳言說給她聽。

徐娘一聽，整個身子都站不穩，差點倒下。

這樣的打擊太讓她無措，竟然說得那麼難堪，這如何是好啊？

不知是那個妖人如此心惡，造謠她家的人？

柳絮被陶如意這麼逼問，實在忍不住了。「姊姊，我都不知道該跟妳如何說了……」

陶如意蹙著眉頭說：「有什麼就說什麼。」

現在還有什麼承受不住的，生死都經歷過了，內心早就堅韌無比。

徐娘拉著柳絮搖搖頭。「不說了，說一次就難受一次。」

「徐娘，到底是怎麼了？我們還有什麼不能說的嗎？」

「如意，妳就進屋去好好畫圖，早點把活兒做完交給安掌櫃，妳就可以休息幾日。」徐娘說了別的，不想再提那事揪著心。

「徐娘，妳不把事情說與我聽，我哪有心思去做活兒？」陶如意見她們兩人都愁眉不展的，定是發生了什麼事。

柳絮實在無法忍受，不說心裡一肚子火，她定要去揪出那個胡說八道的人，然後狠狠的揍打一頓，才能解自己的心頭之恨。

「姊姊，白家村都在說我們賺了不義之財，勾搭了什麼高門貴人。」她都說不下去了，什麼難聽話都有。

陶如意聽柳絮說完前前後後的經過，也是十分氣憤。

好不容易過上一點好日子，也能惹來這些亂七八糟的是非，這以後讓她們幾人怎麼在白家村走動，怎麼在梅隴縣安穩做買賣？

「柳絮，這是哪個王八蛋說的？我們去找她們算帳！」陶如意早就沒了當年那身大小姐的溫柔可親，現在也學會了吵架懟人的把戲。

徐娘忙阻止道：「如意，別胡來，就讓她們說去吧，我們又不會少塊肉。」她不想聽到那些言語，可又怕會招來更大的事情，家裡有一個秀才蘇清，還有大將軍的女兒陶如意，她為了這兩人，什麼都要忍住，如果只是關於她家的，她一定要去討個明白。

陶如意氣鼓鼓道：「徐娘，怎麼可以忍著？都已經不只這麼一次了，再繼續縱容下去，以後都不知道還會傳出什麼更加難聽的話。」

柳絮附和道：「娘，姊姊說得對，他們就是以為我們好欺負，才敢如此猖狂。」

徐娘眉頭緊鎖。「我心裡也清楚，可那麼多人在傳，就是不知道誰這麼噁心啊？」

陶如意陷入了沈思，白家村平白無故傳了這些言論，裡頭定有個起頭人在背後指指點點的。

村裡有誰妒忌她們呢？

她一個不經意，抬頭往大門外看去，竟然看到白大地的祖母李氏鬼鬼祟祟地往她們這裡瞧了幾眼。

白大地還在學堂裡上課，這麼早就要來帶他回去嗎？平常接白大地的是白大地的爺爺，李氏基本上都不會來，畢竟她跟徐娘有嫌隙，見面了也尷尬。

可看那情景不像是要進來，李氏走開一會兒，又重新走到她們家大門口。

柳絮見陶如意一言不發，只扶著額頭想問題，便問：「姊姊，妳是不是想到什麼了？」

陶如意抬抬下巴示意道：「柳絮，妳看看那個李氏，怎麼在我們家門口徘徊不走呢？」

一提起這李氏，徐娘就火大，以前她家好幾次的是非就是她惹來的，她不說別人的壞話，心裡就不痛快。

自從她的大孫子白大地在蘇清門下上學後，已經很少來找麻煩了，這會兒怎麼又往她們家靠了呢？

柳絮說：「這個李氏，真的不像樣。」

陶如意把剛才柳絮跟她說的再理清一遍。「柳絮，那些話是誰跟妳說的，竟說得這麼清楚？」

徐娘說：「是我一個親戚跟我說的，我告訴柳絮的，怎麼了？」

陶如意道：「徐娘，妳這個親戚怎麼這麼清楚？連安掌櫃是哪日來的都知道，她是住在我們這兒嗎？」

徐娘搖搖頭。「她不是住在附近，是住在村西那邊。如意，妳是想到什麼？」

陶如意道：「這人不在這裡，村西離我們這兒遠得多，不可能知道得清清楚楚，定是誰跟她說了才來說給妳聽的，而造謠我們的那個原主，定是在我們附近，才清楚我們家發生了什麼事，連門口停了馬車、蘇大哥買了牛車這幾件事，也一併清楚了然。」

柳絮聽完恍然大悟，驚訝地說：「姊姊，妳是說是那個李氏說的？這個老不死的，怎麼這般缺德啊，我們都沒招惹她什麼，蘇大哥還好好教她的大孫子，她這是在以怨報德啊！」

第二十八章

徐娘和柳絮母女倆聽了陶如意的解惑後，一致覺得李氏就是最大的造謠者。

可現在無憑無據，也不能過去找她算帳。

「姊姊，那妳說我們該怎麼辦？如果再讓她這麼繼續下去，我連殺她的心都有了。」柳絮氣得咬牙切齒，怎麼每次什麼麻煩都有她啊，她就這麼見不得她們好嗎？

徐娘也問：「是啊，如意，妳說怎麼辦？妳比較懂得處理。還有，柳絮，妳不可以這麼說話，讓人聽了不好。」

柳絮道：「娘，您還顧慮那麼多幹麼？這是人家胡說八道，令我們這般難堪，不該給她們點教訓嗎？」

反正這幾年幹重活，她有的是力氣。

陶如意說：「柳絮，妳娘親說得對，不可太衝動。我來想想怎麼辦。」

過了兩天，陶如意和柳絮暗地裡一個一個問，想找出根源來，其實能造謠的也就是時常在村裡閒逛的那些婦人，她們忙完事就聚在一起對他人議論紛紛，指指點點。

最後確定是白大地的祖母李氏肆無忌憚地在白家村造謠，說那些不堪入耳、子虛烏有的話。

柳絮怒氣沖沖的跑去找李氏，李氏家離柳絮家不遠。

陶如意拉著她，讓她先不要衝動，有什麼事也要找幾個證人當面講清楚。

徐娘讓柳絮聽陶如意安排，衝動解決不了事情的。

蘇清從外面回來，剛好在路口見她們三人都沒好臉色，問了句。「乾娘，妳們這是怎麼了？」

柳絮說：「蘇大哥，我們要去找那個李氏，她在外面胡說八道。」

蘇清一聽，心裡了然。

他早就聽聞李氏最喜歡做這樣的事情，以為不會傷害別人，其實幾個村裡人被她這麼傳，跟家人傷了感情，甚至打了起來，鬧了很大的矛盾。

蘇清說：「我也跟著去。」

徐娘攔著。「清，你就不用去了，回家去，那些孩子在等著你呢。」

一個秀才怎麼跟著她們去找人吵架呢，可千萬不行。

「乾娘，沒事，我已經佈置了作業給他們，既然有人欺負到我們頭上，我們是該要說清楚。」蘇清道。

於是，四人走到了李氏家門口。

徐娘走在前面，喊道：「李氏，妳出來！」

李氏不在，白河北在家，聽見有人叫喊，走了出來，見到徐娘一家人，他心裡暗叫不好。

他那個婆娘又惹事了。

「這是……」白河北說道：「柳絮她娘，這是發生什麼事？蘇先生，你也來了啊？」

蘇清先說：「白大叔，我們要找一下李嬸，她在裡頭吧？」

白河北搖搖頭說道：「她哪有在家，一整天在外頭溜，她又做了什麼？」自家婆娘怎麼樣他也清楚。

徐娘道：「白大哥，李嬸總是在外頭說我們的壞話，這可不是一天、兩天的事了，整個白家村上下都知道了，還差點信以為真，你說我們該怎麼辦？」

陶如意和柳絮只是站在徐娘的旁邊，先不說話。

白河北就知道是這麼回事，他只能陪著笑說：「柳絮她娘，有什麼事情好好說，這都是我家那婆娘不知好歹才這麼無法無天，妳就把一切算在我這裡，等她回來了我會教訓她的。」

此時柳絮開口道：「不行，白大叔，你不知道她都說了什麼話，那些話我不敢在這裡說出來，她必須在這裡說清楚。」

白河北道：「可是，柳絮，她真的不在家啊，要不等她回來，我讓她過去找你們賠禮道歉。」

徐娘見白河北說的話倒也通情達理，她也是清楚的，白河北每次總要給李氏惹的麻煩善後，李氏現在搞得連她那兩個兒子、兒媳都不跟他們住了，寧願苦點都要搬出去。

這時，李氏回來了，見自己家門口站了徐娘幾人，見勢不妙，本想轉身離開，偏偏讓陶如意見到了。

「李嬸，妳別走啊。」

大家聽了都轉身去看，見李氏低著頭，走也不是，留也不是。

徐娘說：「李嬸，現在大家都在，妳說說妳是從哪裡聽到或看到我們賺的是不義之財，勾搭什麼高貴之人？」

周圍已經圍了些人，是柳絮和陶如意去叫來的，趁大家都在場把事情說明白，今日得做個了斷，要不然她們在白家村想好好過日子都難了。

李氏這刻就當甩手包了。「沒有啊，我哪有聽到這些、看到這些啊？」她反問。「徐娘，妳怎麼知道是我說的呢？可千萬別冤枉我。」

徐娘道：「是嗎？要不是妳，怎麼知道得清清楚楚啊？每天都在我家門口鬼鬼祟祟的，都不知道幹什麼。白嬸，妳也見過她在我家門口好幾次吧？」徐娘問了旁邊站著的一個圍觀者。

那人點點頭說：「是的，有幾次了。」

李氏反駁道：「我們兩家離得這麼近，妳家門口的路我就不能經過嗎？」聲音越說越大。

白河北見李氏這麼不知進退，吼了她一句。「說夠了沒？淨折騰些亂七八糟的，是不是活膩了？」

李氏見周圍的人都在看她，她當然不能成為村裡的笑話，而白河北卻這麼當著大家的面吼她，這口氣更是過不去。

「怎麼，我實話實說不行嗎？白河北，你吼我幹什麼？我又沒做過。」

白河北忍無可忍。「妳有沒有做，妳自己心裡清楚，別在這兒丟人現眼了，給我好好跟人道歉，以後絕不可再這麼胡來。」

李氏直直盯著白河北，道：「你說什麼？現在是人家冤枉我，你卻幫著別人？」

柳絮道：「妳這人真的……竟然反咬一口，是不是要我們找人來當面對質，妳才承認？」

李氏一聽，覺得不妙，她們是有備而來的，可她不能在大家面前洩氣，要不然以後都無法在白家村混了。

她對著圍觀的人說：「大家都散了吧，沒什麼好看的。」

可圍觀的人就是不走，要看個明白，雖然大家心裡有底，定是這李氏搞的鬼。

柳絮說：「李嬸，妳還是在大家面前說開吧，我們家根本沒有的事，妳怎麼可以如此亂講，這豈不是在害人嗎？」

陶如意說道：「妳最好自己解釋清楚，要不然我們去找官爺來處理，就不是這麼簡單了。」

這話聽著是威脅，其實說起來大津有明文規定，嚴重造謠者可以請官差來處理，要不然就這麼讓觸犯者猖狂，到時候招來的後果不堪設想！

李氏聽到要去告官府就有點害怕了。

她只不過是自己嘴皮癢找樂趣，才在白家村說這個說那個，村裡的其他婦人也喜歡聽這些，她很享受其中的關注。

白河北心裡也很不安，雖然他家婆娘不像樣，但怎麼說也是自家人，如果真的惹上官司，那就麻煩大了。

他往徐娘這兒靠近一步，說道：「妹子，妳就多多包涵吧，我會好好說她的，她下次一定不敢了，咱們就不鬧到官府去了吧？」

說實話，徐娘也不想做到這一步，畢竟都同在白家村，街坊鄰居的，抬頭不見低頭見。

可是，一想到那些流言紛紛，徐娘又不甘心。

說到同村，大家應該都清楚她這些年是怎麼過來的，白平貴走了，留下兒女兩個，她咬牙撐起了這個家，現在過點好日子就招來紅眼，同村也不過如此。

柳絮看著娘親沒說什麼，她就擔心娘親心軟，這次不好好教訓李氏，以後就沒完沒了。

「白大叔，你不用多說了，她都覺得自己沒錯，那就讓官老爺給她個明白，別到時說是我們在胡扯。」柳絮挑眉說道。

陶如意在一旁思索片刻，神情越發嚴肅。「李嬸，妳還不知道自己錯了嗎？就因為妳傳出那些不知所謂的話，讓人死了的心都有，也能讓本來和和美美的一家人，因為妳的胡言亂語產生了嫌隙。妻離子散這是多麼嚴重的事情，我想李嬸心裡應該是清楚的，也可以問問在場的各位，你們是不是也經歷過這般難堪？」

這話一出，圍觀的人想了想，點點頭，指指點點說：「是啊，就說那個李老四，不就因為一句不知從哪裡聽來的話，開始天天打他的婆娘，說他婆娘行為不軌。」

李氏更加不敢造次，臉色頓時變得蒼白，低著眉垂下了頭。

白河北拉了李氏一把，低聲道：「妳還不快些說句話，如果真的去官府，妳就……」他氣得說不出口了。

李氏不知道要說什麼，在這麼多人面前承認一切是她傳開的，那以後如何在白家村抬頭見人啊？可是不跟徐娘她們說白了，她們就要拉著自己去見官爺，那後果更加說不清了。

「徐妹子，要不咱們去屋裡好好說，行嗎？」李氏低聲下氣的對著徐娘說。

徐娘遲疑，柳絮卻不讓。「李嬸，有什麼事就在這裡說清楚。」

李氏盯著柳絮看。這小妮子怎麼就緊抓著她不放啊？一點都不像她娘或她爹，這兩人都是老實人呀。

柳絮見李氏盯著自己，她就瞪回去，這會兒絕不能漏氣。

白河北說道：「柳絮啊，妳嬸子她知道錯了，這一次就算了吧？各位鄉親們，村裡對徐妹子一家的傳言，都是我家婆娘胡說的，請大家幫幫忙，不要再說了，徐妹子她辛勞做事，賺的一分一毫都是清清白白的。」

到最後，還是白河北在給李氏解決麻煩，低三下四的求大家原諒。

陶如意見白河北這人對他的內人太好了，眾目睽睽之下這麼做，實在找不到第二人了。李氏的命也太好了吧，跟了這個白河北，簡直是撿到寶了。鬧了這麼久，她的兩個兒子都沒來幫忙，可見跟兒子的關係很僵，也只有白河北自始至終在乎著李氏。

柳絮還想說什麼，讓陶如意拉住了。「柳絮，算了，白大叔都這麼做了，咱們就給他個面子吧。」

蘇清在一旁也是這個意思。

他的看法跟陶如意一樣，看白河北對李氏這麼愛護，表示太無奈了。

柳絮聽了陶如意這麼勸告，就對李氏說：「妳就好自為之吧，我們可是看在白大叔的面子上才放過妳。」

李氏見她們鬆了口，放下心來，急忙道：「是、是，下次我不會再亂講了，柳絮的娘是個心胸寬大的人。」

徐娘和柳絮幾人都不想聽她那些天花亂墜的話，跟白河北交代兩句就各自回家了。

李氏只能灰溜溜的進了屋，不敢再出來嚷嚷了。

白家村平靜了，對徐娘一家的造謠也就煙消雲散了，其他人都不敢再交頭接耳了，畢竟這可是觸犯大津律法的，誰敢去招惹啊？本來世道就不那麼安穩，再加上吃官司，那可是雪上加霜，何必呢？所謂言多必失，那就管好自己的嘴，少惹麻煩。

第二十九章

陶如意把從安洛明那兒接下來的訂單都做好了，想著自己有些日子沒去縣城了，便一大早起來，準備出門，把自己畫的圖給安洛明送去。

柳絮想著這段時間自家小姐大病一場，病好後又熬夜趕圖，怕在路上有什麼閃失，便想著一起去，順便照顧。

陶如意聽了她的意思，笑道：「柳絮，妳怎麼變得如此囉嗦啊？我都沒事，還這麼緊張兮兮，誰聽了都要笑話我了。」

柳絮說：「姊姊，妳的身子都沒痊癒，我跟著妳，怎麼就是笑話了呢？」

陶如意道：「白家村到梅隴縣這條路我都不知道走了多少回，算起來都比妳還要多呢，我還能出什麼事？何況我都注意著，沒事的，妳就去地裡澆水，都幾日沒去了，看看種的瓜成了沒。」

徐娘進屋，也贊成柳絮陪陶如意一道去縣城。

「如意，妳就讓柳絮去吧，還要送一些糕點去念家鋪呢。」

不只要拿圖去給安洛明，還要挑擔子給念家鋪送貨，這兩日做了一些，趁新鮮一併送去。

「徐娘，我一人做得了，妳們就別再擔憂那些有的沒的，以前還不是做得好好的嗎？柳絮，走，一起出門，妳去地裡，我去縣城。」

柳絮看了看陶如意，見她精神得很，就不再說什麼，再說下去都要過晌午了。姊姊是一個倔強的人，說不用她陪著去就不讓的，她就聽姊姊的安排去地裡瞧瞧，多久沒下雨了，都要成乾枯地了！

柳絮說：「姊姊，那妳自個兒小心點，辦完事就早些回來。」

陶如意眯著眼笑道：「好好，我的柳絮妹妹。」

陶如意覺得自己很幸運，能遇到徐娘、柳絮母女倆。

一個丫鬟能這麼對她忠心耿耿，為了她勞心勞累都願意。

這幾年真的多虧了她們，她才能如此平靜的生活在白家村。

就算自己心中有恨，但在白家村的日子倒也過得從容淡然，何況近來好消息不斷，她更是欣悅不已。

等一下把圖畫給安洛明，還能再得二兩銀子，這對於一般人家算是不少的收入了，她都想不到自己那些奇奇怪怪的圖畫，竟然也能成為紡織上的圖案，做成有特色的衣裳。

從白家村到安隆街，走路也需要些時間，陶如意早已習慣這段距離的路程，竟比平常快些到達。

可能是自己想著能收銀子了，有動力了吧？

她先把挑來的糕點往念家鋪送去，跟店鋪掌櫃聊了幾句，這次她們還做了些紅棗糕，看看食客喜不喜歡？

店鋪掌櫃笑著說：「如意姑娘，妳這段時間沒來，我們老闆都在盼著呢，差點就要去白家村看望妳呢。」

陶如意微笑道：「太感謝年老闆關心了，是有些日子沒見到他了。年老闆沒在梅隴縣吧？有的話我就找他聊聊。」

店鋪掌櫃搖搖頭說：「我們老闆出遠門了，等他來了我跟他說，到時候你們才好碰個面。」

「好的，李掌櫃，這些糕點要趁新鮮賣，擺的時間太久，口味就不好了，就多麻煩你們了。」

雖然是年老闆要她把東西擺在店鋪裡賣，但也要店鋪的小二和掌櫃幫忙招攬生意才行，要不然賣得不好，她也不好交代。

店鋪掌櫃道：「那是自然的，如意姑娘，妳大可放心，妳們提供的糕點都賣得很好，有時候還搶著要，怨我們不多備些貨呢。」

陶如意從竹籃裡拿出一個小食盒，遞給李掌櫃，笑笑說：「李掌櫃，這是另外做的千層糕，你跟幾個夥計分著吃，試試看怎麼樣，有什麼好的意見就跟我說，到時多多改進。」

李掌櫃欣然接過。「姑娘真是有心了，謝謝啊！」

兩人又說了幾句，陶如意就告別了，準備把圖紙送到安家店鋪去。

走在安隆街上，兩旁的店鋪開得熱鬧，行人比往常多了些。

茶坊、酒坊、作坊熙熙攘攘，其中當鋪的門口站的人最多了，看來他們都想把值錢的東西當了過日子吧。

陶如意想起三、四年前剛來白家村的時候，身上沒剩下多少銀子，那張銀票不敢用，就只能把值錢的那支珠釵拿到當鋪去當掉，換點錢來用，那時候真的差點過不下去，如今終於熬過來了，柳絮一家也好好的，她就放下心來。

經過迎松客棧，客棧的大門依舊緊閉著。

想來那些傳言是真的了，竟然出現了細作，不知道朝廷有什麼作為，而梅隴縣這裡要引起大變動也不一定，連外敵都看重此地，招搖地開客棧蒐集訊息，這可是下了多大的功夫啊？朝廷沒有作為的話，那就只能是引狼入室，自生自滅了。

陶如意不由得嘆了口氣。

本來百姓們安居樂業，大津國繁榮昌盛，可如今因為那位變成這般，實在太可恨了。

想到這個，就想到了自己的父親，不知道現在怎麼樣了？小落子說他身體好，沒有遭受虐待，這就是謝天謝地的事了。

她心裡還有另一個擔憂，顧上元和范卿蓉兩人，不知道會不會發現她還活著呢？小落子還沒來白家村找她，可能手頭上的事情還沒做好吧？

算了，不要想太多，先多賺點銀子才是正經事。小落子需要花費得多，還有她的父母，到時回來了，也一樣要多些花費。

她在路上遇到了米店的張掌櫃，他的孫子在蘇清的學堂上課，每天讓一個僕人專門接送，算是有心了，他這麼做也是在幫蘇清。

蘇清落魄的時候，米店的張掌櫃可是幫了很大的忙，她一直念念不忘，對張掌櫃的孫子可是多加照顧。

「如意，妳這是來送貨啊？」張和興說道。

陶如意福了福身子，點點頭說：「張叔，好久不見。」

「妳在念家鋪擺賣的糕點還真是不錯，我在那兒買了好幾回，家裡大大小小都喜歡吃。」

「謝謝誇讚，到時我多做些給您帶來。」

「不用，不用，妳還是拿去賣，別太浪費了。」

陶如意笑笑說：「張叔，這一點都不浪費，您當嚐嚐鮮好了。」

張和興道：「那就先謝謝妳了，如意，妳去忙吧，我還有點事先走了。」

陶如意跟他道別，就直接往安家鋪走去。

安洛明在店裡等著她，她按約交圖，安洛明甚是高興，這樣不久之後就有新貨上市了。

仔細看了那十張圖，安洛明很滿意，本來按約是給二兩銀子，他自個兒從身上掏出點碎銀，偷偷放在一起遞給陶如意，陶如意沒多注意就收下來了。

等到發現多了些碎銀，她都已經離開安家鋪了。

安洛明讓她休息一段時間，等到時有需要，就派人去白家村跟她說。

已經過了晌午，陶如意還沒吃飯，不過她身上帶了水和饅頭，湊合著吃就行。

在回去的半路上，天開始暗下來了。

這不會要下雨了吧？百姓們盼望已久的夏雨終於要來了嗎？

陶如意半喜半憂，她出門沒有帶傘啊！

她快步往回走，才走出安隆街，就開始颳起大風，呼呼作響，雨點瞬間落了下來。

她連找個地方躲雨都來不及，只能把空竹籃往頭上一扣，其實這根本就沒什麼用處。

走在路上的行人也是躲避不及，但盼了這麼久的雨終於落下，他們十分振奮，甚至有人大聲喊叫著，他們種的莊稼有雨水澆灌了。

瞬間，陶如意看到前面有一個涼亭，但早已站了好幾個人。

這場猝不及防的大雨，大家都沒有想到，出門也都沒有帶傘，已被淋得如落湯雞一樣，而陶如意就是其中一個。

就算沒有位置可以躲，她也要往前擠一擠，等雨小了再上路。

有人說：「老天爺終於大發慈悲了，下這麼大的雨。」

另一人說：「是啊，前段時間東山村不是求雨了嗎？這不就給他們求來了？田地不乾旱，或許就能多點收成啊！」

「對、對，我家田地種的苗子都差點種不活，這場雨下了，就如甘霖一樣滋潤。」

陶如意站在一邊的角落，聽著他們的閒聊，想想柳絮今早還去看田地，現在這雨，那些種的瓜應該能成了吧？

從安隆街出來，要經過一條比較狹窄的小路，小路盡頭的拐彎處竟然還有一個涼亭，應該是給路人歇息用的吧？此刻卻成了大家躲雨的好去處了。

陶如意用袖子擦了擦額頭的水珠，撩了撩被雨水打濕、垂在耳邊的髮絲，靜靜地站在那裡聽著幾人閒聊。

她四周張望，在這裡躲雨的就她一個女子，還好今早出門她不施粉黛，頭上還用布巾束了髮，穿著灰色的衣裳，倒也沒引起別人的注意。

那幾人還在滔滔不絕的說著，東南西北都說了一遍。

「瞧這場雨沒那麼快停，我還沒回去，家裡的婆娘該是等急了。」一人看了看天，說道。

另一人取笑道：「哎喲，你們有這般恩愛嗎？她會不會見你不回家，自己先收拾了不管你了？你別自以為是了。」

「她沒我可不行，本來要跟著一起出來的，是我不讓來，還好沒來，要不然就要跟我一樣淋濕了。」

陶如意想不到民間是如此的實在，她很少這麼去聽別人閒聊，在白家村也沒有多跟村裡人接觸，來來往往也就那麼幾個，就連那個李氏，要不是過於亂來，她都沒怎麼去搭理。

過了晌午，雨下得越來越大，徐娘和柳絮沒等到她，一定很著急。
可如果她就這麼跑回去，也不是上策。
她不由得打了個噴嚏，把站在旁邊的年輕人嚇了一跳。
陶如意只能對著人家笑笑。「不好意思。」
那年輕人回道：「無礙。」
陶如意再往旁邊移步。
那人輕聲說：「妳再靠過去就要全身淋濕了。」
陶如意抿嘴，她只能回到原來站著的位置，反而是那人往裡靠了靠。
兩人相視一笑，沒再說什麼。
這雨是沒有停歇的意思了。

「老大，如意姑娘在那涼亭躲雨呢。」
田石櫃一眼就看到了陶如意，想了想還是跟老大匯報一聲吧，前天還在問他有沒有碰到如意姑娘她們來，這不就碰面了。
老大很少問一些無關緊要的事，可這段時間卻問了兩、三次，田石櫃都想著要不去白家村把人請來，或許老大有什麼事情要找她們倆呢！

李承元一聽田石櫃說的話，就撩開車簾，往涼亭那處看了看。的確，在躲雨的人群中有她的身影，瞧著挺狼狽的樣子。

突如其來的這場雨，下得令人措手不及。

他今早去一醉休，約了葉時然談點事，本來跟田石櫃是騎馬去的，這不下了雨，一醉休的掌櫃想得周到，就給他們安排了輛馬車，直接送他們回凌風山莊。

他在思考事情，接到密報，范輔相已是迫不及待的往梅隴縣這邊派了暗手，找一件不知是什麼樣的東西，他們必須盡快阻止，要不然被找到就麻煩大了。

只是他到現在還想不出范輔相到底要在梅隴縣找什麼重要的東西？

而這時，卻在無意中遇到了陶如意。

「石櫃，去把如意姑娘接過來吧。」李承元淡淡的跟田石櫃說。

田石櫃穿著蓑衣，往涼亭那處走過去。

在涼亭躲雨的人見有人過來，不由都往他這邊看，田石櫃沒去理旁人，直接往陶如意站的位置走去。

「如意姑娘。」

陶如意聽來者找的是她，仔細看了看，才發現是田石櫃。「田大哥，你也在這啊？」她沒有注意到前面有一輛馬車在等著。

田石櫃見周圍有好些人，就沒多解釋什麼。「如意姑娘，跟我一起回去吧。」

田石櫃遞了把傘給陶如意，把她引到停靠一邊的馬車去。

李承元在車廂裡等著她，聽到聲響，就撩開車簾，說道：「如意姑娘，別來無恙。」

陶如意一見是李承元，心裡莫名撲通跳。

她以為只有田大哥，哪知道李承元也在？

她都不敢見他了，可這時雨下得大，有順風車坐倒也省事，可是他在，她就不自在了。

陶如意對著李承元一笑，上也不是，下也不是，堵在半截不知如何是好？

李承元見她猶豫，只能輕聲道：「如意姑娘，這雨下得大且沒那麼快停的樣子，我剛好順路就把妳送回去，其他的等妳先上車了再說。」

再這樣下去，那些路人都要笑話他們了，沒想到接個人都這麼難辦。

陶如意想想也是，再矯情下去都不好，笑著跟李承元道謝，把傘收了上了車。

田石櫃在一旁看著這一切，剛才老大的臉上有笑意，他真的發現了。

這可是這段時間以來最好看的臉色。

因為老大不開心，山莊上下的兄弟們都謹慎做事，在老大面前都不敢大聲喘氣，怕一個不好就惹怒老大。

想不到老大對陶如意和柳絮這兩位姑娘很是關心，幾日來問最多的就是有沒有跟柳絮碰面，而這次卻要送陶如意回家，說順路一點都不順路，他們這樣要來回繞兩圈呢。

田石櫃只是自己心裡想想而已，老大說怎麼做就怎麼做，他哪敢說什麼話啊。

跟了老大這麼多年，很少見老大專心去幫別人，何況是對這姑娘家的，更是少之又少，但是對陶如意和柳絮她們卻不同了，上次在陶如意擺的攤位吃了幾碗豆花，老大可是盯著人家好久，他以為老大看上人家了，可是自那次以後就沒再去見陶如意了，原來是他想多了。

這邊，車廂裡的兩人相對而坐。

李承元不知道田石櫃心裡已經為他想了一路，他抬頭看了看那邊坐著的陶如意，衣服的一角已被雨淋濕了，旁邊放著兩個竹籃子。

李承元先開口道：「如意姑娘，妳這是來縣城辦事嗎？」

陶如意點頭。「來送些貨給店鋪。李莊主，多謝你送我回去。」

「這沒什麼，只是順路罷了。」李承元輕咳一聲道。

兩人說了幾句又靜了下來，外面雨聲淅瀝淅瀝，敲打在馬車的車頂上，發出咚咚的聲響。

「這雨挺大的，還好遇到李莊主，要不然我都不知道怎麼回去了。」陶如意微笑道。

李承元見她這般客氣，心裡不太舒爽，眉頭一蹙，難得一次這麼無措。

「如意姑娘無須多言，這本是順道而已。」她卻一句不提當年之事，難道就忘了一切嗎？

那日還說救命恩人，這會兒有機會給她好好道謝，剛才卻不願上他在的馬車，這樣的舉動令他惆悵。

陶如意微笑不語。

李承元抬眸望去，她低著頭，沒有與他對視。

「上次在靈隱寺妳病了，可痊癒了？我聽石櫃說妳有多日沒跟柳絮姑娘一道出門了。」

陶如意聽了這話，心中滿是疑惑。

田大哥如何知道這些？莫非遇到柳絮了？但她也沒聽柳絮跟她說這事。

「回李莊主，如意已經好了，多謝莊主關心。」

李承元實在想不到她變得如此卑微，心中更加無奈、心疼。

她本是一個貴家小姐，只因那些奸人為了自己的利益給予種種迫害，如今變成了這般，與親人分離，獨自一人在外苟且偷生著。

還好當時他及時趕到，要不然她現在哪有可能跟他一起坐在此處？

他從這邊望去，看到她臉頰處那一道疤痕，這麼多年過去，依然褪不去。

第三十章

車廂裡一片安靜。

其實陶如意在思索著怎麼跟李承元開口，她本就想答謝這位救命恩人。

李承元瞥了她一眼，淡淡地說：「那時我留下的幾百兩銀票，妳為何不用？」

陶如意一聽，不由得抬起頭看了看他，距離有些近，而李承元剛好也看了過來，兩人眼神相觸。

還是他先開口提了這事。

陶如意倉促的挪開眼，吞吞吐吐道：「給我那麼大一筆，怎麼能用呢？」

「如果用了，妳現在就不必這麼辛苦，銀票留給妳，就是要給妳傍身用的。」當年他想得周到，一張銀票就可以給這女人在別處買一間房子，住好吃好，但卻沒料到她想得更遠，寧願自己跟那個丫鬟勞苦勞累，也不動那張銀票，把他那份心思都枉費了。

去年大雪天，在她攤位吃了豆花，偷偷給她留下一百兩銀票，瞧著她這模樣，也是沒有用上的。

算了算，她身上都有了六百兩，卻是這樣的折騰，起早貪黑的幹活，也就賺那麼一點點，還熬出病來，根本得不償失。

陶如意輕聲問道：「李莊主，有件事我想問明白，當年你為何救我？」當年那樣的局勢，誰敢來救她？偏偏她遇到了李承元，讓她得以活了下來。

李承元反問道：「我不能救妳嗎？」她還糾結這個無趣的問題，救人一命勝造七級浮屠，這還需要什麼理由嗎？

陶如意被他這一句反問，噎了一下。「要不是你救我，我早已不在這世上了。」如今這樣，她還有希望見她的爹娘，還能一家團聚。

想起了往事，陶如意心很痛，低頭捂著胸口，掩飾那一份悲痛。

李承元見狀，知道她又想起了那不堪的往事，安慰道：「舊事已去，就不要糾結了，好好的過好接下來的日子才是。」雖然是安慰，可語氣不是很自然。

在馬車外的田石櫃聽了一半，就明白了一切。

當年他跟老大趕路去了大興，到了大興，他們分道揚鑣，他去辦老大吩咐下來的事。原來老大是去救這如意姑娘，那時小落子還來找他，尋找他家小姐……等等，這如意姑娘是陶大將軍的女兒？

哎呀，瞧瞧自己的腦袋，竟然到現在才知道一切，真是笨死了，難怪老大有時都要敲他的腦門，要他多動動腦子，想想怎麼回事。

過了片刻，陶如意說道：「李莊主……」

她的話還沒說完，李承元卻擺擺手先說：「陶姑娘，妳還是別叫我莊主吧，聽著甚是生分。我比妳年長，就叫大哥無妨。」

陶如意明白了。「是，李大哥，你的大恩大德，我都不知道怎麼報答，如今這樣李大哥應是清楚，等往後有所長進了，定好好回報。」

李承元笑道：「倒也不必，說起來我家跟妳父親陶大將軍可是過命之交，只是妳不知曉罷了。」

陶如意詫異，這是怎麼一回事？

還有這般關係，她真的一點都不清楚。

她仔細想了想，那時父親雖然時常跟她講一些軍營的事情，那些比較親近的叔伯她也見過，可李家這位，她還真沒聽說過。

「李大哥，可否說明白？」陶如意斟酌了一下，問道。

「大興的李家還有幾個？除了那位迷了心的，還能有誰？」李承元輕聲道。

外面的雨聽著是越下越大，車頂上的聲響也越來越大聲。

陶如意一聽這個提示，更加詫異。眼前的李大哥、凌風山莊的莊主，竟是那位人物的親近之人？

她曾聽父親說過安順王的事跡，她的父親曾跟著安順王一起上戰場殺敵。

但是，父親從沒跟她說得太詳細。

畢竟在那樣的局勢下，有些事、有些人不可太顯得親近，要不然對自己、對他人都不好。

而她的父親和母親還留著命關在大牢裡，是因為有了安順王跟當今的勸告才這樣的。

如果再這麼算起來，李承元一家對她和她家人的恩情就大如天了。

「其實說起來，小時候我們是見過面的，可能妳不記得了。」李承元自己也不知道為什麼要提這個，可能是希望讓她不要有太大的負擔。

陶如意抿了嘴道：「是嗎？可能當時我太小，不記得了。」她還真的記不起他們見過面這事。

「妳往後在白家村走動還是多加注意，我接到消息，范家要派人過來這裡。」

「什麼？」陶如意驚訝，她一直擔心的事還是要來了。

「妳也不用太過擔心，害妳掉下深淵的那兩人，近來過得可不太好。」李承元沒有多說什麼，范家看著顯赫強大，底子裡早已不穩，貌合神離。

陶如意聽這話，知道他是清清楚楚、明明白白的，一切都掌握在手中。

「那兩人，我恨得想要千刀萬剮。」陶如意惡狠狠道。

李承元聽著她說出的狠話，沈默片刻後，盯著她道：「妳放心，終有一日會的，不只妳一人要懲罰他們，世上還有他人也如妳一般恨他們。」

那種痛，無法言喻。

顧上元這豺狼，不得好死。

枉她一家人對他那麼看重，他卻忘恩負義。

而那個范卿蓉也是面善心狠的，為了顧上元這個小人，虛情假意，合謀把她推下深淵。

「但願這一日能早些到來。」陶如意道。

尋找了幾年的恩人，卻在這刻出現，還讓她知曉了一些陳年往事。

「李大哥，那小落子的信也是你捎來的吧？」把一切拼湊起來，都是他的用心良苦。

李承元覺得沒有什麼不可告知於她的了，便點點頭。

「那你上次去上桐城……」陶如意欲言又止。

「就是妳所想的。」李承元沒再說破。

眼前這人還是位為大津出力的好男兒呢。

陶如意不再多問，靜靜地坐著，聽著外頭的雨聲。

因為下雨，就算坐馬車回白家村也要花些時間。

一瞬間，車身晃了一下停了下來，陶如意因陷入深思而沒注意，身子踉蹌了一下，不由往前一撲，差點就要撞到坐在對面的李承元了，李承元及時拉了她一把，哪料到車子還在晃動，陶如意整個身子就這樣順勢的倒進了李承元的懷裡。

此時此刻，周圍好像靜下來似的，連耳邊那滴答滴答的雨聲都消失了。

氣氛一時有點旖旎。

陶如意的心撲通撲通跳，她真的不是故意要「投懷送抱」的啊！

李承元反而淡定多了，急忙扶了她一把，就坐回原本的位置。

下雨天路滑，而且馬車經過的是山路，總會磕磕碰碰的。

外頭的田石櫃稟報道：「老大，沒事了，車磕到石頭了。」

李承元正色道：「那就好，要到白家村了嗎？」

田石櫃道：「老大，已過了青峰山，差不多要到白家村村口了。」

「直接把陶姑娘送到家門口。」李承元說道。

「是。」田石櫃回道。

陶如意忙說：「不用了，李大哥，我在村口下車就行。」

「這麼大的雨，妳是不是想再淋出病來？」李承元厲聲說道。

陶如意被他這麼一說，整個人不由顫抖了一下。

李大哥也太凶了吧？不過不凶的話，那些地痞流氓就不會怕他了。

陶如意道：「這會不會太麻煩了？」

「不會麻煩，也就那點時間而已，對我不必這麼拘束。」

「這……」人家是好心好意送她回家，她反而有點扭扭捏捏了。

李承元覺得自己剛才說的話有點大聲，解釋道：「我這人就是如此，妳不用在意。」

陶如意知道他說的是什麼意思，道：「李大哥，我明白的。」

「那一日在靈隱寺我說的話，妳應該是聽到了吧？」李承元探究問道。

陶如意恍惚不已，一時不知他問的是哪件事？

李承元見她沒回答，抬眸仔細看著她的表情，似是無動於衷。

「就是在靈隱寺偏院的時候。」

陶如意一個激靈，想起那句「如果陶姑娘願意，我會娶她，定保她安然無恙」。

她詫異，這時提起這話是什麼意思？她可不敢面對接下來的事，她該如何回應呢？

「妳不必有太大的負擔，就如我說的，怎麼樣都要保護妳。」

「李大哥，我……」陶如意不知如何回答。

「不過，我倒覺得這辦法可行，如果我們成親了，會省了很多事情。」李承元面不改色的說道。

他這是破罐子破摔了，當面一次說完，她會給什麼樣的答覆，他都無所謂。

如果她給的是如他所想的答覆，那就更好了。

陶如意覺得這趟路途比往常還久，怎麼還沒到家呢？

她就如縮頭烏龜一般，躲在殼裡一動不動。

她沒及時去答謝人家，就是因為聽到這麼一句話。

本來找到救命恩人，該是喜悅不已的，誰知道她在最後退縮了。

而在這時，他卻說到成親的大事，這該讓她如何是好？

想想自己，本就是罪臣之女，因為他才死裡逃生的。

躲到千里迢迢的白家村，靠著擺攤才生存下來。

她已經不是陶家大小姐了，而他是安順王之子，當今聖上的皇親國戚。

左想右想都不般配。

陶如意有自知之明。

畢竟這幾年的不易，讓她看透了，而當年那些不堪，也令她對世上的一些人、一些事都充滿了抗拒。

李承元看她猶豫不決，心裡明白她是想得太多、太遠了。

「如意，妳真的無須這麼糾結，很多事情不要想得太複雜，只要妳過得好就行。」

這時，車外的田石櫃稟報道：「老大，車已經入了白家村。」

李承元道：「知道了。」

因為下了大雨，白家村的每家每戶都躲在屋裡不出門，所以小道上沒什麼行人，馬車也剛好能經過。

陶如意想跟他們說一下家裡的位置，李承元卻告知田石櫃知曉。

原來她的情況，他們都探究得很清楚了。

聽蘇大哥跟她提過，凌風山莊專門在辦大事。

不過李承元這身分，當然是辦大事的。

「回去了就不用多想，一切我會安排的。」李承元對陶如意說：「我剛才說的都是真心話，當年我父親就曾經跟妳父親提過，只不過後來發生那些事，才沒再提罷了。」

「如今我成了這樣，李大哥你是知曉的，好像不太好吧。」陶如意覺得有些事情還是說明白好些。

「那我還是一個惡漢呢。」李承元自嘲道。

田石櫃在外面可是聽得一清二楚，想不到老大如此貶低自己。

他覺得老大這樣對陶姑娘說話，有點不太溫柔。

從頭到尾都像對他們這些人說話的語氣一樣，沒有收斂一下，這讓一個姑娘家怎麼接受啊？

不過田石櫃很開心，因為他家老大要準備娶妻了。

但他卻不能馬上去跟劉三刀、張一水他們說這件喜事，因為聽起來，老大還不一定會得到陶姑娘的答應呢。

李承元對外面的田石櫃說道：「石櫃，你先去前面看看吧。」

前面有什麼好看的，也不就是一條小道，兩旁就是土瓦房、草棚房。

但田石櫃只能聽話往前走幾步。

陶如意覺得奇怪，怎麼把田大哥支開了呢？

「應該快到了，李大哥，要不我就在這兒下車吧？」陶如意輕聲道。

李承元沒有答應她，靜靜的坐在那邊盯著她看。

這也太「膽大妄為」了吧？

跟這人多說兩句也無用，他從來都是用一種「直接」的態度。

雖然兩人只相處這麼一段時間，陶如意倒也是一目了然。

終於，馬車停在了柳絮家門口。

「回去就好好歇一歇，過兩日天晴了，我就讓人過來跟妳提親。」李承元見車停了下來，沈聲說道。

什麼？提親？

這簡直是晴天霹靂。

「李大哥，你該不會在說笑吧？」

李承元說道：「我從來不會說笑，從來就是速戰速決，竟然都跟妳說白了，那接下來就要行動。」

他心裡了然，現在時間緊迫，那些人開始蠢蠢欲動，他必須把她安置在身邊才是最安全的，就算這時候會讓她太驚訝，他也必須說出來。

如今她的爹娘不在此地，那就只能當面跟她商討這件事情了。

如果那個丫鬟的娘能幫忙打理，那是最好的。

第三十一章

最後李承元說的那句重點，田石櫃沒能聽到，因為他走上前去敲門了。

柳絮打著傘出來開門，一見是陶如意回來，很是高興。「姊姊，我和我娘都要準備去接妳了呢！」

「好了，沒事了，咱們快進屋吧！」陶如意拉著柳絮進去，送她回來的那輛馬車已經調頭走遠了。

雨太大，看不清。

剛才李承元說的最後一句話，讓她到現在還沒緩過來。

她要如何跟徐娘和柳絮說呢？

這事太突然了。

耳邊總是迴盪著李承元最後跟她說的那句話——

「等天晴了我就讓人過去提親。」

連寧哥兒端了碗薑湯遞給她喝時，她都沒有反應。

一副無精打采的樣子。

柳絮覺得奇怪，姊姊怎麼出一趟門回來就變成這樣了？不會在街上遇到什麼事情了吧？

「姊姊，妳沒事吧？淋到雨人不舒服？快把這薑湯喝了。」柳絮擔憂問道。

陶如意無力的揮了揮手。「我沒事，及時找了個地方躲雨了。」最後還有馬車送她回家。

看著牆角處有一把灰色的傘，柳絮從沒見過，應該是好心人給姊姊用的。「姊姊，這傘是哪個好心人給的啊？」

「是田大哥，在半路上遇到了他們，他們還送我回來。」

「原來是田大哥啊，我出去開門都沒見到他，我得跟他道聲謝。」

「他走得急，我一下車就走了。」

徐娘走了進來，問道：「如意，外頭的雨下得好大，還好妳趕回來了，要不然就麻煩了。」

「娘，姊姊沒事，她遇到田大哥，田大哥把她送回來的。」

徐娘見那碗熱騰騰的薑湯還沒喝，又催促陶如意喝下，就怕她生病。

陶如意不喜歡喝薑湯，但還是忍住了，端起碗把整碗薑湯喝了，一下子感覺火辣辣的，薑味直往腦門衝。

寧哥兒和王小胖站在旁邊，看陶如意喝薑湯的模樣，兩人不由得笑開了。

寧哥兒取笑道：「陶姊姊，妳也太誇張了，我娘煮的薑湯比別家要好喝多了，妳卻像喝了什麼苦藥似的。」

陶如意瞪了他一眼。「小孩子在這做啥？快回你們房裡寫字去。」

她覺得沒面子，喝個湯藥都這麼「興師動眾」，這都是從小被慣著來的，可是如今這樣還不收斂收斂，難怪兩個小孩笑話她了。

兩人被徐娘趕了出去。

「這孩子，不好好說真不行。」徐娘笑著說。

王小胖在這裡已經習慣了，王良平叫他回家住幾天他都不回去，連他娘親也只是匆匆見一面就回來。他已經跟這裡的人親近得很，當成家人尊重著。

「你蘇大哥出門去了，看樣子晚上是不回來了。」徐娘道。

「他也是夠忙的。」

蘇清的朋友時不時會介紹點活兒給他，像是抄書什麼的，竟然得到很好的反響，賣得不錯。

但他從不會耽擱學堂的課，這一點很有責任感。

「娘，大哥存的錢該夠娶媳婦了吧？好希望他快些給我們領個大嫂來。」柳絮笑呵呵道。

徐娘被這話逗笑了。「你們大哥存的早就夠了，可是每次問他他都不說，這真的讓人操心啊！」

身為他的乾娘，終身大事也要關心，何況他們現在住在一起，成了一家人。

一說到這事，陶如意心裡想到了李承元。不知道他要怎麼來提親？跟誰提？她現在只有徐娘能幫著她把關了。

聽他說這話時的態度不像是開玩笑的，而且他也無須跟她開這個玩笑。

「徐娘、柳絮，我有一件事要跟妳們說。」陶如意想了想，開了口。

母女倆見她這麼鄭重其事，不由得靜了下來，不再去說蘇清的事情。

徐娘問：「如意，怎麼了？是不是妳爹娘有什麼消息了？」

陶如意搖搖頭。「不是，他們沒事，小落子上次來的信說他們有機會出來，這個妳是知道的。」

徐娘再問：「是不是買賣做得不好了？」

她總往壞的方向想，瞧陶如意緊蹙的眉頭，心裡越是不安了。「如意，快些說吧，我都擔心死了。」

柳絮反而一臉淡定，她知道姊姊定有重要的事要告知她們。

「娘，您就讓姊姊好好說，別猜些有的沒的。」

陶如意見徐娘那擔憂的神情，一時不知怎麼開口好。

徐娘頓了頓。「如意，妳就說吧，不管如何，我們都一起面對。」

陶如意嘆了口氣，一本正經道：「徐娘、柳絮，那個李莊主過幾天要來提親，我都不知道怎麼做才好。」

一聽陶如意說完這話，母女倆都還沒緩過來，以為是自己聽錯了，異口同聲道：「如意（姊姊），妳說什麼啊？」

兩人十分詫異。

才出去半天時間，回來就帶給她們這麼大的消息。「如意，這是天大的好事，我要好好準備準備。」

徐娘竟然樂得如花開一樣，而柳絮也雀躍不已。「姊姊，妳要嫁人了，老爺和夫人知道了，定是高興得很！」

陶如意見母女倆這麼為她感到喜悅，笑一笑說：「徐娘，這事太倉促了，我都來不及回答他。」

徐娘說道：「這人可靠，何況當年是他救了妳，這份情義就不一般。」雖然只見過一面，但是他仗義助人，就這一點，她就覺得李承元這人好，配得上。

第二日雨沒那麼大時，蘇清回來了。

徐娘急著把這件喜事告訴了蘇清，蘇清聽完後，一臉驚訝。

想不到竟有此等淵源。

他不由得笑開了。「如意妹妹，這緣分來得竟如此快，讓我這個大哥都措手不及啊！」

「大哥，你就不要笑話我了，我都不知如何是好呢。」

蘇清見陶如意一副心事重重的樣子，便安慰道：「妳就不要想太多了，人家都給妳確定的態度了，妳欣然接受就好。這人我也聽說過，在梅隴縣附近可是有頭有臉的人物，雖然看著凶，可其實有些事，他都做得比那些官府還要公道。」

陶如意沒有告訴他們，李承元是安順王的兒子。

所以他們都以為他只是凌風山莊的莊主而已。

就算陶如意知道了這個，她也不覺得有什麼，可能安順王的家人從來就沒怎麼在外面多加渲染，大家也就只知道安順王的厲害而已。

徐娘在一旁說道：「清說得對，這人不錯，我們的如意就可以託付終身。但是對方來提親了，我們也要說清楚，一輩子要對我們如意好才是。」

蘇清道：「如意，妳也不要擔心，看他相貌堂堂，應該也不會胡來的。」
陶如意沈默片刻，道：「蘇大哥，我明白，這麼多年了，我早就學會觀察一些事了。」
蘇清已知曉她前前後後發生的事情，所以在她說了這話後，就沒再多說什麼。
想太多也是枉然，總求著萬無一失，哪有那麼容易。
陶如意糾結了兩天兩夜後就釋懷了。
總歸一句話：多想無益。
何況李承元是那樣身分的人。
他都說了自己喜歡速戰速決，說出口的話絕不是開玩笑的。

不知不覺過去了半個月，雨已歇停幾天了，可是說來提親的人卻沒來。
陶如意沒有著急，反而是徐娘著急了。
她都找了劉金花，讓她幫忙在縣城裡相熟的金鋪打幾個首飾，就算她們不富有，但該花的還是要花，絕不能讓如意過去吃了虧。
蘇清把這段時間做的活兒收到的銀子拿給了徐娘，讓她一起湊著給如意當嫁妝。
可是，不是說好雨停天晴了就來白家村提親的嗎？怎麼過去好幾天了都不見蹤影？

柳絮偷偷對徐娘說：「娘，那人不會是騙姊姊的吧？」

徐娘虛點了她兩下，低聲道：「別胡說，人家有頭有臉，怎麼可能騙人？應該是有事耽擱了才是。」

「可是……如此重要的事情，怎麼能耽擱呢？」柳絮越想越氣。

「好了，妳帶寧哥兒和胖哥兒去地裡看看，別在這兒說些有的沒的。」徐娘道。

這段時間下雨，都沒去地裡看看，不知道怎麼樣了。

不過這時候去抓魚、抓蝦，應該多得是。

陶如意和柳絮在不能出門的這幾天，在屋裡做繡品、畫圖案，畢竟賺錢這事一點都不能落下。

柳絮已經做得腰痠背痛，雙眼都花了。

陶如意洗了手進屋，聽到徐娘叫柳絮去看田地，她就說：「徐娘，我去吧，讓柳絮歇會兒。」

柳絮忙道：「姊姊，還是我去吧，妳畫得手都僵了。」

到最後，兩人帶著兩個小孩一起去地裡，順便去河邊抓魚，好久沒有做魚丸了，想做點嚐嚐鮮。

兩個孩子想著又有得吃，當然是手舞足蹈，歡快得很。

陶如意根本就沒有為那件提親的事情而操心，一切順其自然就好。

徐娘說得對，人家應該有事耽擱了，不是柳絮說的那樣是騙人的。

母女倆在屋裡說的話，她其實聽到了。

眾人都在為她擔憂，她自己卻覺得神清氣爽，因為糾結過了，想通了就沒什麼，時機到了自然就來了，不急著這一刻。

寧哥兒對陶如意說：「陶姊姊，能不能烙點餅來吃啊？我跟小胖都嘴饞了。」

陶如意笑道：「可以啊，要吃什麼餅跟姊姊說。」

王小胖先說：「姊姊，我要吃馬鈴薯餅。」

寧哥兒說：「我要雞蛋餅。」

做這兩種餅很簡單，陶如意就一口答應他們倆的要求了。

柳絮在一旁說道：「你們還沒幹活，就開始想吃的，還要陶姊姊給你們做，要求真多。」

寧哥兒咧嘴笑笑說：「姊，我們先定下吃的，等會兒幹活才有幹勁，抓魚還抓最肥大的。」

陶如意聽了這話，都笑開了。「寧哥兒倒也說得對，吃也要吃，幹活也要幹活，不吃的話哪有力氣幹活？」

柳絮說道：「姊姊，妳就慣著他們吧，每次都是這樣。」

王小胖想了想，開了口。「柳絮姊姊，妳放心吧，我跟秋寧哥一定好好幹活的。」他得給兩個姊姊一個保證，要不然就吃不到噴香的餅了。

其實兩個姊姊都是嘴硬心軟，對他們疼愛得很。

走在田間小路，兩旁的樹葉滿地飛，都是被這場大風大雨颳下來的。

看著這片狼藉，陶如意卻擔憂地裡種的那些蔬菜什麼的，如果被風雨襲擊了，那就功虧一簣了。

她不由得皺起了眉頭，滿臉憂愁。

原先跟劉嫂拿的瓜籽，柳絮已經播種，這個倒沒什麼，就是那些都差不多可以收成的蔬菜就不知道怎麼樣了。

過了一會兒，四人來到了自家的田地。

一看，謝天謝地，還好沒多大損失。

她們提了三個竹筐和一個背簍。

大家攜手摘蔬菜，大白菜、小茄子、菜豆角……

「要不晚上給你們烤幾個茄子試試吧？」陶如意看著完好無缺的蔬菜，笑著說。

「姊姊，茄子能烤著吃嗎？」王小胖邊摘著菜豆角邊問道。

陶如意道：「當然可以，還香著呢。」

「那我要吃，姊姊，妳晚上就做給我們吃。」兩個小孩不約而同說道。

第三十二章

低調點行事反而好些。
陶如意一直是這麼想的，何況是嫁娶之事，她如今這樣，更是簡單為好。
日子過得快，期間李承元讓田石櫃過來白家村找陶如意，跟她說了一下情況。
「如意姑娘，老大讓我跟妳說一聲，重要的事情要找個好日子，所以拖了點時間，請如意姑娘諒解。」田石櫃說得十分真誠。
陶如意笑道：「田大哥，不必這般客氣，我們是明白的。」
就算想簡單操辦，但是何日何時辰倒是挺重要的。
田石櫃幾年前跟柳絮、小落子他們打過交道，想不到當時幫忙尋找的人竟是陶大將軍的女兒，甚至老大還救了她的命。
當時，他一點都不知道。
以後，如意姑娘就真的要成為他們老大的娘子了。
得改口叫少夫人了。
他跟劉三刀、王二十和張一水幾人說這事的時候，他們都不敢相信，直嚷著發生得也太快了吧！

的確是有點快，不過這一直是老大的行事作風。

有些事情都是老大親力親為的，可見相當看重。

本來要早些來白家村的，無奈莊裡有其他麻煩事得去處理，所以直到現在才來。

「如意姑娘，妳有什麼話需要讓我帶給老大嗎？」田石櫃笑咪咪問道。

陶如意搖搖頭，她哪有什麼話要說啊？

才見了幾次面，兩人就要成親，這有點說不過去啊。

柳絮想留下田石櫃一起吃個飯，她是有點小心思的，私下要問問那位李莊主人怎麼樣，她擔心姊姊嫁過去遇到不對付的。

徐娘跟柳絮有同樣的想法，多加了解一番還是好的。

雖說嫁雞隨雞，嫁狗隨狗，但總也得過得去才行。

其實這幾天蘇清已經去外面打探一些情況了，特地找了幾個住在梅隴縣的朋友從旁打聽，他們把自己知道的告訴了他，還笑話他一個大男子竟然如此跟個村婦一樣。

蘇清沒有往心裡去，為了如意妹妹的幸福，他們當然要多多關心才是。

陶如意覺得沒必要這麼仔細打聽關於李承元的情況，安順王這人心為大津，進退自如，他的兒子應該也不會壞到哪裡去，何況人家可是她的救命恩人呢。

徐娘盡心的提前籌備嫁娶的禮節，給陶如意打了足足一套頭面，雖然沒有大戶人家那麼光彩奪人，但也是上得了檯面的。她下這麼大的本錢，剛開始不讓陶如意知道，讓她知道了就一定不會同意。

這一、兩年來，徐娘可是積攢了些銀子，加上蘇清給了一些，倒也足夠這麼給陶如意備足面子。

怎麼說這也是他們的一點心意。

陶如意的爹娘不在身邊，徐娘就要做起家主的責任來。

徐娘找了劉金花幫忙算是找對了，劉金花給她找了一個有打折扣的店鋪，貨真價實，算起來還省了一點呢。

這邊，田石櫃盛情難卻，晌午留下來吃飯。

陶如意進灶屋做了幾道爽口的菜，擺了一大桌。本來就該請田石櫃吃頓飯，當年他也是幫了大忙。

前日抓了幾條肥大的魚，她打了一些魚丸，又鮮又嫩，裝了十幾個讓白大地給他太公、太奶送去。

柳絮在一旁黑著臉。「姊姊，妳怎麼還給她送去？那人看著就討厭。」

「算了，柳絮，左鄰右舍的，抬頭不見低頭見，何況大地的太爺還是講道理的。」

今天，陶如意沒有炸魚丸，而是配著青菜熬了湯，一人一大碗，清甜可口。

柳絮笑著對田石櫃說：「田大哥，我姊姊做的菜好吃吧？」

田石櫃直直的伸著大拇指。「太好吃了，老大他有口福了。」

平常老大都隨便吃一頓的，只有跟葉大人相約在一醉休時才會好好享受一番。

如果把少夫人娶進門，那老大就不愁吃穿了，頓頓都有滋有味，而他們這些小弟們應該也能沾點光，吃幾頓好的。

田石櫃想想都笑了。

陶如意聽了田石櫃那句「老大他有口福了」，心裡莫名泛起漣漪。

看來，她真的要嫁過去成為他的妻子了。

寧哥兒和王小胖這兩孩子到今天才知道，他們的陶姊姊要嫁出去了，心裡十分低落。

尤其聽了田石櫃這句話，他們都沒個好臉色地盯著田石櫃。

柳絮見著不妙，蹙著眉頭說兩人。「白秋寧、王小胖，不可這麼看人家，太沒禮貌了。」

兩人不約而同道：「陶姊姊要是去他那邊了，那我們想吃點好的都沒有，我們不想讓陶姊姊嫁出去。」

徐娘聽了都要起身打白秋寧了，怎麼可以這麼無理取鬧。

陶如意攔住她。「徐娘，孩子只是捨不得我而已，妳不用氣惱。」

說完回頭對兩個孩子說：「秋寧、小胖，就算姊姊嫁出去了，還是會回來給你們做好吃的，你們大可放一百個心。」

兩個孩子得了定心丸，笑著繼續吃他們碗裡的東西。

徐娘和柳絮都無可奈何，蘇清在一旁也是笑笑，他們也捨不得如意離開啊。畢竟幾人一起生活了這麼久，這份感情可是難以割捨的。

田石櫃乾笑著說：「哎呀，你們不用這麼擔憂，老大會好好安排的，大家定是一直在一起的。」

凌風山莊那麼大，多住幾人可是綽綽有餘。

到時候可以給如意姑娘買間店鋪，自己做買賣，自己當老闆，就不用把那些糕點什麼的寄放在念家鋪賣了。

田石櫃為什麼會知道這些呢？因為老大這幾天費了心思在安排這些事情，他可是看在眼裡，還跑去安隆街看看有沒有店鋪出售呢。

老大說店鋪要地點好、環境好、人潮多，這樣的鋪面可不容易找，他就說：「多加價也行，主要是心儀就好。」

劉三刀私下還跟他們說笑。「老大簡直變了一個人，現在看著都不覺得他凶了。」

其他幾人聽了都笑了。

不過說得沒錯，老大近來細心多了，雖然還是一副冷冷的面孔，但是說話的語氣不會跟平常一樣疾言厲色，連葉大人都能看出老大的變化。

莫非這就是人逢喜事精神爽，什麼都少計較了？

但是此時此刻，田石櫃當然不會把這些事情告訴她們，或許老大還想著到時候給如意姑娘一個驚喜也說不定。

田石櫃在未來少夫人這兒吃了一頓，雖然沒有山珍海味，但是比山珍海味還要好吃。

回到凌風山莊，他在幾個兄弟面前大大誇讚了一番，簡直是美味的享受啊！他們未來少夫人賢淑熱情，老大眼光不錯。

劉三刀說道：「怎麼每次有好處都給田石櫃你占了啊？太不公平了。」

王二十附和著。「就是啊，還吃到少夫人給你做的飯菜，美得很啊，我們怎麼就沒有呢？」

田石櫃樂呵呵。「你們哪有我好運，我可是早就認識少夫人了，所以老大才叫我去辦事的。」

張一水托著下巴，似是在思考什麼。「原來老大早就認識我們的少夫人。可是為什麼要等到現在才娶她呢？這裡頭有什麼緣故呢？」

田石櫃道：「張一水，你問題還真多，敢不敢去問老大，讓他給你解解惑啊？」

「那我可不敢。」張一水忙道。

其他幾人聽了都笑了，大家在老大面前都是膽小如鼠，彼此彼此。

「我們少夫人長得很美吧？」王二十低聲問。

其他兩人也湊過來聽聽田石櫃的說辭。

田石櫃站在幾人中間，用手捂著嘴說道：「美得很，手藝更了得。」

曾經是將軍府的大小姐，知書達禮，似嬌花一般。

無奈這幾年在白家村辛苦過日子，才會變得如此黯然失色。

坐在她對面的時候，無意中他還看到了臉頰邊那一道疤痕，一個美麗的女子竟有這麼點瑕疵，太難受了。

不過田石櫃沒有把這事告訴這些兄弟們。

田石櫃說道：「老大沒在山莊？」他一回來就要去跟李承元稟報一下，上下找了一遍沒找到。

「老大讓你去白家村後，他也騎著馬出去了，不讓我們跟著去。」劉三刀說道。

「這樣啊，會不會去辦什麼重要的事了？可是有哪件事比親事更重要呢？」田石櫃想不明白。

其他三人更加不明白。

老大做事有他的道理，他們這些手下只要聽吩咐做就行。

田石櫃給他們帶來了陶如意送的糕點，幾人圍著一起吃，直說好吃。

等到李承元回來的時候，食盒裡已經沒有剩下的了。

他狠狠的瞪了田石櫃一眼。「怎麼？給我的東西你做主分給他們了，看來你膽兒肥了？」

其他有吃的人見老大這副面孔，輕輕走開了，可不能被老大抓個正著。

田石櫃道：「老大，如意姑娘叫我拿來送給兄弟們嚐嚐的，老大你又不喜歡吃甜的。」

「是嗎？你倒是瞭若指掌了，厲害了啊？」李承元淡淡的說。

「老大，你就不要這麼吹捧我了，我哪有？」田石櫃只能乾笑著。

接著想起了什麼，又道：「老大，如意姑娘讓我跟你說，等找個時間給你做頓好吃的，保管你吃得開心，吃得順心。」

「是嗎？」

田石櫃直點頭。「是的，老大。」

李承元聽了，輕哼一聲。「那還差不多。」

「還有，老大，你讓我送過去的銀票，如意姑娘不收，都在這兒。」田石櫃從袖子裡拿出了三、四張銀票遞給李承元。

李承元見了眼前這幾張銀票，氣得差點拍桌子。「田石櫃，你是怎麼辦事的啊？我讓你把這些給如意，怎麼就拿回來了？」

田石櫃也很為難啊，當他按照老大的吩咐把銀票給如意姑娘的時候，她一而再、再而三的退還給他，她說她現在還不需要這麼多銀子，她花不完。

其實說句不好聽的，這是老大做得不對，以為拿銀票給如意姑娘就行了，這怎麼可以簡簡單單處理呢？就該採購一些實在的東西，金的、銀的多買些，綢緞多買些，做幾身衣裳送過去。

可是這樣的牢騷，他當然不能對老大說。

「老大，我一個勁兒塞給如意姑娘，她還追到外面還給我。」

那時候他都不好意思了，附近有幾個村人看著他們這樣一塞一還的，那可是大面額的銀票啊，只不過在他們這兒就如一顆白菜一樣。

如果是別人，早就收下了，這本也是合情合理的，夫家送的東西不收誰收啊？李承元就想著先給點銀子，讓陶如意去準備一些嫁妝。

「如意不拿，你不會給柳絮或柳絮她娘親？」李承元說道。

「她們更不敢拿。」

「呵呵呵，你辦事不力，卻敢留下吃午飯，了得啊！」李承元咬牙切齒說道。

「老大，你不要生氣，我再去白家村，把你吩咐的事情辦好。」田石櫃行了禮準備轉身出去，卻被李承元攔住。

「你是不是想乘機會，晚飯也在那兒吃啊？」

「這也太冤枉了啊，老大，我沒有這麼想的。」田石櫃左右為難了。

「好了，不去白家村了，你去鳳祥店看看我讓人打製的首飾如何了？」李承元坐下說道。

「老大，日子看好了嗎？還是給如意姑娘一個確定的時間吧，要不先讓媒婆去說說？」田石櫃道。

「我知道了，你去吧。」

田石櫃出去了，李承元一手敲著桌沿，靜靜看著前面那道牆上掛著的一幅山水畫。

他去葉府找葉時然，跟他說了自己準備成親的事情，順便詢問葉時然的母親關於嫁娶的儀式。

他的親人不在這裡，山莊裡都是大男人，無人能幫忙一些瑣碎的婚聘六禮等等。一跟葉時然說這事，葉時然還笑話他。「李莊主也有難辦的事情啊？不過你也太認真了，說要娶她就娶她。」

李承元瞪了他一眼道：「葉千戶，我只能說你是存有妒忌之心吧。」

「怎麼？我妒忌之心？笑話，我是看不上那些紅袖胭脂罷了。」其實是他無心思去娶妻，畢竟可能在不久之後就要領命上戰場，何必給自己找些麻煩牽掛呢？

「是嗎？」李承元冷冷道。

「說句實話，你怎麼就下定決心娶她了呢？」

「這沒什麼，我想娶她就娶她，無須什麼理由，何況我們兩人早就有深厚的淵源，如果沒有後來發生的那些事情，可能子女都這般高了。」李承元面不改色的說，還像模像樣的比劃了一道。

葉時然真沒想到，這個李承元竟然如此的厚顏無恥，他不想再聽他說話，拂袖往他母親住的庭院走去。

「你怎麼走了？我說的是事實啊。」李承元緊追著說道。

他竟然從時常冷言冷語的李承元嘴裡聽到這樣的話，葉時然簡直目瞪口呆，甚至覺得此人特別可惡！

第三十三章

李承元一直想不明白。

讓田石櫃送銀票過去，她竟然不收。

是不是怨他沒有按約定讓人去提親？應該不會，她當時可是沒回應他說的話。

可應該不是這樣的，幾次給了銀票她都不用，寧願自己受苦受累，這女子太執拗。

他沒處理過這樣的事，一時不知道如何辦。

問了葉時然的母親，也只是把一些該有的禮節學一學而已。

葉老夫人本來要把她家的李嬤嬤叫去凌風山莊幫忙，李承元想著事情容易辦，就婉拒了。

他有點後悔了，可是現在再回去要人，有點說不過去。

雖然葉時然他們不會計較，是他自己不好意思而已。

山莊裡大都是粗漢子，對這些細節根本就沒那麼在意。

他本以為定個好日子娶她過門就好了，沒想到成親不是那麼簡單的。

幾日前已經寫了封信，快馬加鞭的給他父親送去，告知他自己要跟陶大將軍的女兒成婚。

他相信父親是同意這門親事的，只是他不能親自過來，畢竟大興那邊事情多。

范輔相頻繁派了親信過來梅隴縣四周，似是在尋找什麼。

葉時然多次去打探，到如今還沒有結果。

范輔相這次很是謹慎，應該也發現了他和葉時然在這裡駐紮，他要下手也得掂量掂量。

時間緊迫，還是先把成親之事完成了再說。

李承元起身，走到門口往外喊道：「張一水，進來！」

張一水跟其他幾人在旁邊的房間裡聊著天，聽到老大喊他，便急忙拍拍身上的瓜子殼，整理一番就跑來堂屋。

「老大，老大，我在這！」

「張一水，你快去把楚先生請來，我有事要問問他。」李承元說道。

「好，老大，我這就去。」張一水說完就退出去。

老大找楚先生，當然是為了成親之日，張一水心裡清楚得很。

楚先生最會看這些生辰八字，老大很相信他。

莫非老大急著成親了？

張一水一想到這個就不由笑了，老大終於開竅了，可喜可賀啊！

成親那日，他要喝上八大杯，好好給老大慶祝一下。

張一水想得美滋滋的，另一邊的李承元卻無力的嘆了口氣。

早知道這樣就直接把如意娶過來就好，搞得那麼麻煩。

最後終於確定了日期，定在農曆八月十五中秋節，團圓日。

而離這個日子也只剩下一個月而已。

李承元讓媒婆上白家村去跟陶如意她們說。

該走的禮節還是要走，但是能簡化就簡化，雙方商量後，都有相同的想法。

這麼一打算，陶如意反而輕鬆多了，她繼續跟柳絮趕著做糕點給念家鋪送去，還設計了幾個圖案給安洛明。

中秋節要到了，那就要做月餅了。

念家鋪的掌櫃跟陶如意提了要求，看能不能多做幾款，吸引更多的食客來買。

陶如意在《蘇家食譜》裡看過幾種做法，她心想就試試吧，只是不知道會怎麼樣，畢竟這個她還真沒做過。

李承元來找她，她不禁有點慌張。

就只有他一人，田大哥沒有跟著來。

他把她和柳絮帶到一間叫「一醉休」的酒肆，柳絮本不想去打擾他們倆說話，想自個兒找個地方等陶如意，陶如意不放心她一人，硬是讓柳絮跟著一起去，其實說到底有個伴還好些，有底氣點。

說起來陶如意也很少跟這年紀的男人單獨見面，很久以前跟顧上元要好的時候都沒這樣相處過。

李承元跟一醉休的掌櫃要了一間雅間，位置比較清靜，還能看到外面的風景。

陶如意心想這男人倒也仔細，能想得如此周到。

雅間還配有一條小廊道，柳絮佯裝去看風景，就溜到了小廊道。

陶如意見她這麼在意，就沒去叫她回來了。

李承元讓陶如意坐下，給她泡了杯茶遞過去。「如意，喝這個，一醉休的招牌茶。」

陶如意輕輕說：「謝謝李大哥。」

抿嘴喝了一口，真是好茶，一時感覺唇齒留香。

「李大哥，不知道讓我過來是為了何事？」陶如意放下茶杯說道。

李承元這次跟她碰面，是為了商量讓柳絮他們也一道跟著來凌風山莊的事，這樣她就不會太寂寞了。

「如意，成親後妳來凌風山莊，對那些親近的人有什麼打算嗎？我想著要不就跟妳一起搬過來住，反正山莊寬敞得很，妳大可放心。」李承元說道。

陶如意聽了這話，真是想不到會是這些事情。

他對她倒也是考慮周到。

她捨不得離開他們，說實話他們如今都是她的親人了。

可是，她擔心徐娘不知道願不願意跟著一起到縣城？畢竟那院子是住了好些年的，還有一些田地。

而蘇大哥的學堂也開在那兒，十幾個學生呢，不是說散就散的，那樣怎麼都說不過去。

所以，她想能不能不去山莊住呢？

她要跟著他們一起，做糕點、畫圖案、種蔬菜，做點小買賣賺點錢。

「李大哥，到時候我還是想繼續住在白家村……」陶如意說得有點吞吞吐吐。

李承元對她說出的這句話有點不悅，哪有成親了還相隔兩地過日子，被他人知道了就要笑話了。

可看她跟那幾人很親近也是情有可原的，畢竟在她最痛苦的時候，是徐娘和柳絮母女倆伸手拉了她一把，才能生存下來。

李承元覺得自己得想個兩全其美的辦法才是。

「妳一定要在白家村住嗎？沒有其他商量餘地嗎？」李承元問道。

陶如意真的不想離開白家村，而且小落子就要來找她們了，爹娘也有機會跟她一起相聚，她都打算建造一間房子，到時候他們來了就有地方歇腳。

這個小算盤，陶如意沒有告訴李承元，現在還沒到那樣無話不說的程度。

陶如意回道：「徐娘他們對我有恩，而且我做的買賣也需要在白家村，所以就……」

李承元道：「好，我明白了，妳放心，我絕不會強迫妳做一些不喜歡的事情，我來想辦法。」

陶如意起身福了福身子，道：「謝謝李大哥體諒。」

「我們無須這麼多禮，不久也是一家人了。」李承元輕笑道。

陶如意聽了這話，臉上不由紅了起來。

李承元見狀，想想是不是自己太過於急躁了，才這麼語無倫次，但是他說的也是事實，離成親之日越來越近，他們就要成為一家人了，相扶相持的一家人。

陶如意儘量在李承元面前表現得很淡定，心裡暗暗偷罵著柳絮，這時候怎麼可以讓她一個人面對他呢，太害臊了。

此刻，柳絮站在小廊道欣賞著外面的風景呢。

她拿了包瓜子，自個兒嗑得脆香脆香。

自家姊姊要成親了，這可是天大的好事，她這些天都高興得睡不著覺，她娘親跟她一樣，天天一副合不攏嘴的樣子，見到跟自己走得近的村裡人都要炫誇一遍。

她娘親把姊姊當成自己的閨女一般，一起相處了幾年，同甘共苦，姊姊也很尊重她的娘親，有什麼好的都先想到她娘親。

她們幾人雖然經歷過困苦驚險，如今努力過上了好日子，這是多麼歡喜的結果啊！

而姊姊嫁的那個人相貌堂堂，雖然看著冷冰冰的，但對姊姊好啊，救了姊姊的命，這個就是無法言喻的恩情了。

剛剛進酒肆時，姊姊緊抓著她的手不放，柳絮當然知道姊姊有些擔憂，的確，她跟了姊姊這麼多年，姊姊可從沒如此單獨跟一個男子共處一室呢。

但是，柳絮覺得自己不可在一旁打擾，這點眼力她還是有的，所以就佯裝出來，見識一下一醉休的美。

而相對而坐的李承元和陶如意兩人，竟然說不到兩句話。

李承元覺得繼續這樣下去太冷場了。

陶如意也不知道說什麼，他請她過來，就只是問一句話，也根本沒有必要。

李承元開了口。「如意，我讓石櫃送過去的銀票怎麼不收？妳可以拿去採買一些物品。」

陶如意抬眼看了過去，說道：「李大哥，這真的不必，採辦什麼的錢，我身上還是有的。」雖然比起他當然不多，但還是夠的。

其實最大的原因是人多口雜，很多人喜歡把一些事說得天花亂墜，好好一件事都被說得變了味。

她在白家村住了幾年，早已見識過了，她可不想成為別人的話題。

尤其是李氏，最喜歡打探這些，還傳給全村上下都知道，有了上次那頓教訓，現在倒也是收斂了許多。

李承元淡淡的掃過陶如意，她怎麼就想得那麼多，他們成了親，他的銀子不就是她的，她的也還是她的。

看來她一點都沒有把這關係認定在心啊。

的確，他是有些急了，才這麼點時間就要讓她面對這等事，但不急不行，他必須這麼做，將她保護在身邊，他才放心。

不管怎麼樣，有了那層關係，不看僧面看佛面，范卿蓉和顧上元那邊暫時不敢下手。

但他不想把這樣的真相告知於她，一是不想讓她擔心，二是不想讓她覺得自己娶她是因為這個目的。

范卿蓉這個女人實在心狠，為了顧上元不擇手段，這真的讓他開了眼。而那個顧上元一樣狠心，把陶如意這麼好的女子就這樣推下深淵，一點後悔都沒有。

那時候，當陶如意被推下深淵後，他們還不放心，派人下去找，說死要見屍，活要見人。還好他及時趕到，急忙把陶如意的衣裳、鞋子脫了下來丟在現場，讓野狼咬碎才躲過他們的追根究柢。

李承元實在想不明白，陶如意和她的父親陶大將軍，怎麼會看上顧上元這樣的人呢？

想到這些，李承元不由挑起那略顯濃密的劍眉，仔細端詳坐在對面的陶如意。這女子看著聰明，當年卻沒有看清顧上元這人，才會遭受打擊。

往事已去，李承元不會在她面前重提。

陶如意見李承元陷入沈思，就沒再多說什麼。

李承元從袖子裡掏出先前讓田石櫃送過去的銀票，遞給了陶如意，說道：「我給出去的就不會收回來，妳且收下，可以給柳絮他們買些什麼。」

他又拿出了一張銀票。「這個當定金，在白家村周圍看看有沒有好些的大院子，有就買下，到時候妳我也可以在白家村住，妳也不用離開徐娘他們了。」

陶如意越聽越驚訝。

這……竟然給她錢，讓她買房子？

她不由得擺擺手。「這萬萬不可，李大哥……」

李承元本想自己讓人去辦這些事情，但回頭一想，還是讓陶如意自己去做好些，按她的喜好去找，畢竟是她要住的，定會多花些心思。

李承元對這些瑣碎的事就沒有多大耐心，一聽陶如意拒絕，他也提高了聲音。「就這樣按我說的做，以前我給的銀子，妳也可以拿出來花，隆昌銀號的妳大可放心，實在無法就找石櫃辦，他會做好這事的。」

他知道她的擔憂，怕那麼大面額的銀票會引起別人的注意。

隆昌銀號是他們凌風山莊屬下的，自家的銀號不會怎麼樣。

陶如意已經是目瞪口呆的樣子。「李大哥，你……」可不能這麼把錢放到她這裡來啊，一張、兩張的給，她現在承受不住啊。

說得有些口渴，李承元給自己也給陶如意都沖了香茶，一口飲下。

「如意，妳要知道，就像剛才說過的，我們將是一家人，一家人就不分彼此，如果妳不收下，那就是打我的臉，不給我面子。」

陶如意心裡有些慌亂了。

這個燙手山芋就這麼丟給她，她接也不是，不接也不行，真難受。

「好了，收著吧，錢財不可外露，等會兒我讓人送妳們回去。」李承元笑著道。

一句笑語讓整個雅間有了點生氣，李承元倒也是拿捏得當了。

陶如意想清楚後就不再推託，但是買院子的銀票她不能收，她怎麼可以讓李承元來白家村住呢，這怎麼樣都說不過去，她可不想還沒過門就讓他人覺得自己是一個霸道的女人。

李承元心想的確是嚇著她了，這麼把銀票送過去，換誰都不好應付。「這樣吧，我到時讓田石櫃去找妳，你們一道去辦，妳就顧著看哪個地方好就行，他會按妳的意思做的。」

陶如意無可奈何，一時半會兒回拒不了，眼前這人太過於霸道灑脫。

「如意，妳這裡頭是放什麼啊？」李承元見她身邊放著一個褪了色的食盒，問道：「我聽田石櫃說他去白家村，妳留他吃飯，他一回山莊可是對其他兄弟說讚不絕口。」

陶如意笑了笑道：「這個是要給你的，讓你嚐嚐我們的手藝，我知道你不喜歡甜的，裡面的糕點都是原汁原味做的，吃起來不會太甜。」

她還真清楚自己的喜好，對他也是下了一番功夫，有用心去對待。

李承元聽完後，原本冰冷的臉上有了一絲笑容。「如意，妳做的我都喜歡，不用太過於講究。」

第三十四章

兩人談了半個時辰後就離開一醉休，李承元讓車夫送陶如意和柳絮回白家村。

李承元對陶如意說：「這樣會不會虧待了妳，讓妳受委屈啊？」

陶如意搖搖頭。「我本就不喜歡熱鬧，成親是我們兩個人的事情，不必人盡皆知。」

再過五日就要成親，最後他們決定這次簡單操辦，不用敲鑼打鼓搞得整個縣城都知道。

回到白家村已是傍晚時分了。

柳絮在車裡問陶如意。「姊姊，如何？未來姊夫可是都依著妳啊。」

出雅間時，柳絮看到李承元和陶如意有說有笑的，聊得不錯。

陶如意瞪了她一眼，開玩笑道：「怎麼，這麼快就叫得這般親了？看來妳巴不得我快點搬出妳家對吧？」

「姊姊，冤枉啊，我可是為妳高興，妳怎麼就這樣說我呢？」柳絮嘟著嘴，瞧著有點委屈樣。

「妳啊！」陶如意虛虛的點了柳絮一下。

「姊姊，我瞧著他不錯。」柳絮認真說道：「他對姊姊該是真心實意的。」

「我家柳絮這麼厲害，會看人面相了？」

「當年他能不顧危險救姊姊，這一點就可見他待人有善心。」

「我明白妳是怎麼想的，就因為他救了我，我也才答應嫁給他。」

說句實話，他們如今成了這樣，就是救命之恩，以身相許。

但既來之，則安之，兩人好好相處倒也沒什麼。

過了門，她依然要做買賣，可不想總靠著人家。

她要帶著徐娘、柳絮一道奔向好日子。

陶如意想了想，對柳絮說道：「剛才他又把上次田大哥拿來的銀票給了我，讓我給徐娘去採辦物品。」

「不用了，姊姊，未來姊夫給妳的，妳就自己留著。」

「妳都不知道，他可霸道得很，我不拿他就吼，聽著真是無可奈何啊。」陶如意說完不由嘆了口氣。

柳絮捂著嘴笑了。「姊姊，我還真沒聽說過，有人拿錢給妳還覺得是受罪的。」

「妳就笑話吧，剛才拉著妳不要走，妳就急忙出去，我可氣著呢。」

「我不離開的話，豈不給妳和未來姊夫添亂了。」

「還有，我跟他說了，我不想去凌風山莊住，還是繼續在白家村跟你們一起住，他一聽就給了張銀票，讓我去白家村我們家附近買塊地建屋子，妳說說，他這樣打算怎麼行啊？」陶如意抿著嘴，蹙著眉頭說道。

柳絮笑了。「我就說未來姊夫是在意姊姊的，不過讓他來我們白家村，的確不太好。」

「就是啊。」

到了白家村的村口，她們就下了馬車，讓車夫先回梅隴縣，別太晚了讓李承元等著。

「柳絮，我們去一下族長家，跟他說說我的事。」

白家村族長白耀福對她們挺好的，陶如意一直記著。

當時跟蘇大哥結拜，也是在他的見證支持下成的。

如今她要成親了，是該把這喜事告知他，到時要請他喝杯喜酒去。

她剛才在安隆街買了二兩上好的茶葉，準備送給族長。

徐娘跟她說過族長喜歡泡茶喝，一天都要好幾杯，都把茶當飯吃了。

陶如意本就是個知恩圖報之人，對她好的都記在心裡。

她來到白家村，遇到了族長，後來還有劉嫂，跟著劉嫂做買賣學了不少，還給她們介紹幾個知根知底的店鋪掌櫃，也正因為如此，陶如意她們才不會在買賣上吃了大虧。

「姊姊，這時候去族長家會不會在吃飯啊？」

天色漸暗，村裡好些人家都已圍著吃飯，兩人在小路上走著，還能聞到飯菜香。

「竟然來了就去吧，東西都備好了，要不然都不知道什麼時候能送過去呢。」陶如意輕聲說道。

兩人走到族長白耀福的家門口，就聽到院子裡孩子嬉嬉鬧鬧的聲音。

柳絮往裡喊：「白大叔，您在家嗎？」

一聽外面叫喊，裡頭開了門，白耀福見是她們，笑道：「哎呀！如意、柳絮，怎麼過來了？快進屋坐坐。」

陶如意笑笑把來意跟白耀福說了。「族長，我們來沒什麼事，只是從縣城買了點茶葉，想說送給您老人家嚐嚐。還有，過幾日請族長去我家喝杯喜酒，我要成親了。」說完臉上不由得緋紅，靦覥不已。

白耀福一聽這話，笑得合不攏嘴。「恭喜如意啊，這也太突然了，我都沒聽徐娘說過呢。」

柳絮在一旁說：「白大叔，前段時間我姊姊才談好這親事。」

白耀福說：「妳們快進屋坐坐吧，別站在門口了。」

陶如意道：「不了，族長，我們才從縣城回來，還沒回家，徐娘該是擔心了，等下次再來跟您老好好聊兩句。」

說完直接把茶葉遞給白耀福，兩人就離開了。

白耀福在後面喊著。「如意，等等，把這東西拿回去啊！」

兩人已在轉彎處不見蹤影了。

徐娘在門口翹首盼望著路口處，天都黑了，兩人還沒回來，雖然知道是被李承元叫去的，但不見人就不放心。

蘇清在晌午後就去隔壁村找他的同窗好友去了。

徐娘早早做好飯，等著陶如意和柳絮回來吃。

白秋寧和王小胖肚子餓了，嚷嚷著能不能先開飯？兩人還像模像樣的捂著肚子，直不起腰來了。

徐娘好像也聽到了他們肚子咕嚕咕嚕叫的聲音。

「再等會兒，你們兩個姊姊要回來了，我們一起吃飯。」徐娘說著。

這時，陶如意和柳絮姍姍來遲，終於出現在十字路口處。

「好了，你們倆去把碗筷拿出來擺好，她們回來了。」徐娘往裡面對兩個小孩說道。

兩個小孩一聽可以吃飯了，迅速往灶屋裡拿碗筷。

徐娘見如意和柳絮有說有笑的走過來，對她們說：「妳們怎麼這麼晚？我快擔心死了。」

陶如意說：「徐娘，我們剛剛去族長家了，所以晚了點。」

「哎呀，妳們瞧瞧我這腦袋，早上如意跟我說過這事，我都給忘了。好了，快進屋，等著妳們吃飯呢。」

圍著吃飯時，陶如意跟徐娘聊了幾句，把今天跟李承元見面說的話告訴了徐娘。徐娘也贊成陶如意做的，當然不能讓李承元來白家村跟他們一起住，親事簡單辦也好，禮節到了，遂心遂願，總比繁瑣好多了。

葉時然實在看不下去了，跟母親葉老夫人商量一番，最後決定由葉老夫人帶著她身邊的李嬤嬤一起去凌風山莊住幾天，幫忙打理李承元的婚事。

李嬤嬤對這些禮節都很熟悉的，一到凌風山莊就順順當當的指導一下，大家都高高興興跟著她的步伐走。

張燈結綵，紅綢滿莊飄逸。

笑語連連，席間觥籌交錯。

在大院裡擺了十桌喜酒，該請的都請了，不該請的一個都不給面子。

羅史吉一聽說李承元成親，就讓人過來問個清楚，還在等凌風山莊送上請帖，他也用心的破費一次，搞來一套奇山異石的擺件準備當禮品。

哪知道左等右等，人家根本就沒把他算進去。

再次打聽，才知道新娘就是在端午節時受他欺負的那個鄉下女子。

羅史吉有點明白是怎麼一回事了。

當時他就覺得奇怪，李承元怎麼可能會為了一個不認識的女人，對他興師問罪呢？這怎麼樣也說不過去，就算李承元背後有不為人知的靠山，但羅史吉這邊也是有靠山的，他有一個遠房親戚的女兒是當今聖上的美人，不看僧面也要看佛面啊，那日李承元一點臉色都不給他，在那麼多人面前令他丟了臉，羅史吉還要哈腰討好李承元。

再看看這次，竟然也不給他一張請帖，這簡直是不把他放在眼裡了。

一氣之下，他把那件要送的禮物摔得粉碎。

匡九在一旁靜靜的站著，連一個屁都不敢放。

他去打聽到這個消息後，心裡也是一個疙瘩。這也太巧了吧，竟然發生了這樣的事。

他回來一時都不知道如何跟羅史吉說，剛開始吞吞吐吐的，後來只能硬著頭皮把事說給他聽，這不就摔東西出氣了。

這套擺件可是花了好些銀子的，送不出去就摔掉了。

羅史吉惡狠狠的說：「李承元，你等著，我一定要給你點顏色看看。」

匣九只能忍著不說話，他家爺根本就是一個虛有其表的人，一點狠戾都沒有，只會那點痞裡痞氣、上不了檯面的行為而已，膽子還小，在一些人面前一點都不敢造次。

羅史吉不知道他的跟班在心裡編排他，還在拍桌撒氣呢。

其實，連梅隴縣的縣令、知府，李承元都沒有請。

他本來就答應陶如意不大操辦的，但禮節該走的步驟他還是要走，這個倒是不能少。

葉老夫人在一旁教導了他，這幾天真是多虧了她們，還是葉時然想得周到。

李承元還以為是簡單的一件事，禮數到了就行，但是擺弄起來就不是自己所想的那麼簡單。

就算今晚的婚禮比起別家的簡直是簡易多了。

今日是八月十五中秋節，大家團圓相聚的日子。

李承元就選在這一吉日，把陶如意親迎了過來。

柳絮跟著陶如意一起來淩風山莊，她當然要陪著姊姊，伺候姊姊。

她看得出來今日的姊夫更加玉樹臨風，威風凜凜，往常都是一副冷冰冰的臉，這刻卻是面露笑容，對誰都好聲好氣的。

柳絮偷偷附耳跟陶如意說了自己的所見所聞。「姊姊，姊夫今日當新郎官都變了樣了。」

陶如意靜靜的低著蓋著紅巾的頭，只是推了推柳絮，讓她不可胡說。

「我說的是真的，姊姊，妳等會兒就能看到了。」

「好了，柳絮，妳去那邊坐一下，今天都累了一天。」陶如意趕著她去休息片刻。

早早就跟徐娘一道給她梳妝打扮，所有的首飾、頭飾、新娘服都是李承元讓人送過去的，其實說到底她都不用採辦什麼，他都已經安排得妥妥當當了。

徐娘更加看好這位女婿，感謝老天爺給了陶如意一個好夫婿。

看著徐娘和柳絮這麼樂不可支的誇讚著李承元，陶如意心裡也想，難道真的是老天爺開眼，讓她遇到一個好人，成了他的妻子。

前些天最後的談話，李承元竟然對她說讓她放心，他只娶她一人，不會納妾什麼的，這樣大家都能少了些麻煩。

原來他也是一個嫌棄家宅鬥爭的。

的確，一家人能和和美美過日子，比什麼都好，她的爹爹就是只娶了她的娘親，過得恩恩愛愛的，一輩子同甘共苦。

陶如意聽了，心裡也是樂滋滋的，一個男人在女人面前這麼表態，在大津很少見，還讓她遇到了，就如徐娘說的，老天爺給她一個好夫婿。

「姊姊，我去外面看看，蘇大哥和族長他們都來了呢。」柳絮說的話把陶如意的思緒打斷。

她回過神來道：「去吧，妳替我跟他們說多喝幾杯。」

「那是必須的。」柳絮笑呵呵說道。

李承元跟她說這間婚房是重新做了修整，因為凌風山莊一般都是大老爺們，不會惜香憐玉，整個山莊的擺設都很簡單且一點喜氣都沒有，所以就對這間房多用了點心，這是柳絮偷偷跟她說的。

他還真是說到做到。

她的紅頭巾還沒揭下，所以不知道周圍是如何，腦海裡卻想像了一下，越想越覺得有點跟那人格格不入。

陶如意想著想著，自個兒就笑了起來。

「如意，什麼事情讓妳這般開心啊？」李承元的聲音傳了過來。

他一進房，裡面就只有她一人坐在床邊，笑出了聲。

陶如意一聽見聲響，覺得不好意思，說道：「想到一個笑話就忍不住了。」

「那說來聽聽，也讓我開心一番。」李承元說道。

吉時未到，還不能揭她那礙事的紅頭巾，他此時此刻很想看看她是多美、多得意，就算有那道疤痕，一定也會被她的芙蓉面給掩蓋住，何況前段時間他就讓人送去了白玉膏，多少也能祛除些的。

陶如意當然不能把自己遐想的情景告知給他聽，這豈不是自己給自己找尷尬？

第三十五章

經過一系列繁瑣的儀式，在吉時輕輕揭開紅頭巾，李承元雙眼直直盯著眼前的女人，外面嬉嬉鬧鬧的聲響，並沒有把他的神兒勾走。

「如意，妳長得真好看。」李承元笑嘻嘻說出了心裡話。

新房裡，就只有李承元和陶如意兩人，說什麼悄悄話都沒人聽到。

今日當了新郎官，李承元整個人都看著不一樣了，連他的屬下田石櫃、劉三刀他們都瞧得瞠目結舌了。

陶如意此時此刻因為他這一句甜言蜜語感到十分驚訝，原來這男人都是表面一套，暗地裡一套，真是說不清啊。

她只是靜靜的看著他，怎麼說兩人已是拜了天地成了親的，扭扭捏捏也只是顯得自己做作罷了。

陶如意改口叫道：「郎君，外頭那些客人你可安排妥當了？」

李承元怎麼說也是有頭有臉的人。

「放心吧，有葉時然還有我那些兄弟們，當然會把這事辦得圓圓滿滿。」李承元一聽陶如意叫他郎君，更是眉開眼笑。

「徐娘和蘇大哥都在吧？」

早上從白家村出來後就沒見到他們了。

出門時，柳絮的娘對她依依不捨的，拉著她的手不放，眼圈紅紅的。

陶如意清楚，徐娘把她當成了自己的女兒，現在女兒要嫁人了，做母親的既高興又捨不得。

「都在，他們高興得很，多喝了幾杯呢。」他知道她記掛著她比較親近的那些人，所以從白家村請來的客人專門安排了兩桌，他著重接待了他們。

也正因為這樣，白家村的人更是看好李承元，一個大戶人家對鄉村裡來的平民百姓這麼對待，那對陶如意定是喜歡得不得了，在這酒席間，他們也賺足了面子，比那些高門貴主都高了一階呢。

鬧洞房本該是熱熱鬧鬧的，可這會兒都沒人敢來看李承元和陶如意的笑話。

新房裡只有他們倆這樣面對面坐著，陶如意吃著柳絮剛才端進來的湯圓，這是給她墊墊肚子的。

一抬頭，兩人目光就對上了。

兩人相視而笑，很是自然。

陶如意有點餓了，竟然足足吃了六顆湯圓。

「這湯圓好吃？要不我讓人再拿些進來？」李承元見她吃得開心，說道。

「不了，我吃夠了，你不吃點嗎？」陶如意說道。

「不吃了，都飽了，還喝了幾杯酒，不過妳放心，我酒量是可以的。」李承元笑笑說。

新床上鋪滿了桂圓、花生，寓意早生貴子。

接下來要做什麼，陶如意心裡是有個底的。前天晚上大家都去休息後，徐娘來到她的房間，跟她說了一些成親的事宜。

說著說著陶如意都臉紅了。

柳絮在一旁也跟著一道聽，見如意姊姊羞答答的，就笑了。「姊姊，這有什麼，我們總要走一道的。」

這話糙，理不糙，陶如意聽了抬頭瞪了她一眼，說話怎麼這麼直白啊，想不到柳絮比她還容易接受這些事。

徐娘想著柳絮年紀差不多了，所以才讓她一起聽，這本就是遲早要面對的。

陶如意聽著徐娘諄諄教導，心裡十分感激。

徐娘如此愛護她，沒有她，此時此刻能怎麼辦？孤零零的在這世上漂泊，無人問津。

所以她覺得自己是幸運的，遇到了柳絮，遇到了徐娘，遇到了蘇大哥。

他們讓她在最痛苦、最掙扎的時候，得到了一絲絲安慰。

而如今，她嫁給了李承元，李承元將會是另一個依靠。

雖然到現在都不明白自己怎麼就答應成了他的新娘，但她始終覺得應該不會嫁錯人，她的選擇是正確的。

如果今日她的父親和母親在這裡，那就更加圓滿了。

但她相信不久後，這一天會來臨的。

「娘子，妳怎麼了？」

李承元見陶如意拿著湯勺一動不動，似是在思考什麼。

陶如意一聽李承元叫她，把湯勺放下，搖搖頭說：「郎君，我沒什麼。」

「是不是一日沒見到她們，想她們了？」李承元問道。

柳絮剛剛才進來，應該不是這個原因吧？李承元心想，難道是想起了她的父親、母親了？

「如意，妳放心，妳父親、母親過些天就會來跟妳見面的。」李承元給了陶如意一個定心丸，讓她不要太過於擔憂。

今天是大喜的日子，兩人喜結良緣，天造地設，怎麼也不能負了這好時光啊！

說來鬧洞房這事，其實田石櫃、劉三刀他們幾個膽大的，原想要過來好好鬧一下他們的老大，畢竟機會難得，就是看在老大大喜的日子，不會怎麼大發雷霆，最多就是瞪他們一眼就了事。

跟了老大這麼多年，多少也能了解一些，其實他們老大是好的，對外是狠了些，對自己人卻是面冷心善。

幾人浩浩蕩蕩的來到老大新房的院子門口，就被柳絮、葉時然他們攔下來了，葉時然拉著他們走到一邊，低聲跟他們說了幾句，田石櫃幾人就不敢往前走。

好吧，今天是老大歡喜的日子，也是凌風山莊大喜之日，不能鬧出一些大聲響出來，負了老大的春宵一刻。

葉時然看著幾人離開，摸著下巴嘀咕道：「李承元，我可是為了你擋下那些臭小子，別去打擾你的美好時刻，看你以後要怎麼感謝我。」

柳絮站在旁邊聽不清楚他在說什麼，本想問一句，但想想自己跟他不是很熟悉，也就沒多問。

而這一邊，屋裡的人不知道院子門口發生了什麼事，兩人依然靜靜的對視著。

畢竟，李承元和陶如意的洞房花燭夜，可一定要好好過的。

陶如意心裡七上八下，越來越緊張。

柳絮他們好像說好似的也不再進屋來了，外頭的嬉鬧聲漸漸變小了。

往窗外看，月色朦朧，瞧著挺撩人的。

李承元看她那不安的臉色，他也一樣不好受。

剛才葉時然偷偷跟他說，要好好享受這一生中最美好的時刻，說得好像他自己經歷了一樣，他自己到現在都還沒一個妾或一個通房的，所以葉老夫人都擔憂著呢。

沒吃過豬肉，還沒見過豬跑？

說句實話，李承元倒也期待這麼值千金的春宵一刻，但見她如此，他的激動都消了一半。

凡事總得慢慢適應，他也明白兩人的關係太快了，可說是一步到位。

李承元輕輕說：「妳不用太緊張，這裡以後就是妳的家，總得適應。」

他安撫著陶如意，一個女子來到一個陌生的地方總會是這般心情，何況還一下子成為他人的妻子，更是緊張了。

陶如意抿嘴說道：「我不緊張，來這裡很……好……」說話吞吞吐吐，甚至心裡忐忐不安。
平常在大街小巷叫喊買賣，她一點都不怕，在安隆街擺攤賣豆花為了吸引吃客，她大著膽子唱著曲兒，拋頭露面都已是常事了。
可是，這會兒面對著的這位，是她的郎君李承元，她卻偏偏一句完整的話都說不出來，太說不過去了。
他還是她的救命恩人，當年那副狼狽不堪的樣子，他都見識過了，說起來早就有了肌膚之親。
陶如意想到這個，不由得輕輕拍了拍自己的腦門。
這都想什麼啊！
臉上起了緋紅，在紅燭點綴下，更讓李承元看得心癢癢。
太好看了！李承元心裡有了感嘆。
臉頰的那一道疤痕一點都看不到了，應該是他送去的白玉膏用上了。
依然跟小時候看到的那樣潔白無瑕。這麼多年過去，那個美麗的笑容和亭亭玉立的身姿，依舊揮之不去。
李承元起了身走到陶如意這邊，說道：「如意，妳可累啊？」
陶如意一身珠寶玉釵、寬大紅衣裳，坐在那裡能不動就不動，太繁冗了！

「如意，要不我幫妳把這些拿下來吧？」李承元看她拘束不已，又說道。

一開始陶如意不知道他說什麼，看到他指了指她頭上，才明白是怎麼一回事。

「不用麻煩郎君了，我自己來吧。」

不管如何拖延，這一夜總得要過。

她起身走到妝檯前，輕輕卸了那些釵環髮髻，李承元走過來幫忙，動作輕輕的，怕拉到頭髮令她疼。

李承元想起了什麼，從自己的衣袖裡拿出了一個盒子，遞給陶如意，說道：「如意，這個是我父親讓人送過來的，說要送給他的兒媳婦。」

兒媳婦，也就是陶如意本人了。

「老王爺知道我們的事了？」陶如意抬頭問道。

「這是我們的大好喜事，總得告知他一句，無奈他來不了；這個妳收下，這可是我們李家的傳家寶。」李承元說完就笑了，他父親送的大禮還真是及時，在昨晚半夜就到了他手裡，說是快馬加鞭送來的。

陶如意說道：「太貴重了，我不能收。」

「我父親給妳的就收下，有什麼不能收的，他高興得很，他兒子娶了妳為妻，我想他在那邊都要放鞭炮慶祝了。」

陶如意聽了這話，不由得仔細看著他。
這人有時候說話還真是「親民」。

第三十六章

最後，洞房花燭夜沒能順利進行，因為在陶如意去洗漱的時候，發現自己的月事來了。

這對一個美好時刻來說，是多麼糟心的事啊！

李承元看到陶如意那欲言又止的樣子，不知道又發生了什麼。

本想著順其自然的走完整個過程，現在好了，啥都不用了。

陶如意看著李承元，突然有點難開口。

陶如意輕聲細語道：「郎君，你也去洗漱吧。」

一整天下來，黏糊糊的。

李承元提起袖子聞聞，的確不好，有些酒味，他笑著走進了裡面的澡房。凌風山莊的侍從倒也想得周到，裡頭竟然放著兩個大浴桶，溫水都放滿了。

四周已靜了下來，看來那些來喝喜酒的客人陸續離開了。

陶如意坐在几案前，仔細的環顧一番，這新房擺設倒也不錯，挺合她的意。

柳絮偷偷跟她說，田大哥前段時間找了她，問了一下她的喜好，比較喜歡哪些款式、哪些顏色的衣裳。

凌風山莊沒有一個主事婦人，所以田石櫃只能硬著頭皮聽從老大的命令找了柳絮。

柳絮聽了來意，明白是怎麼一回事，田石櫃問什麼就答什麼，沒有隱瞞，人家對自家姊姊這麼用心，她高興還來不及呢。

跟陶如意偷偷說這事的時候，滿臉都是笑容。「姊姊，姊夫還真是看重妳，什麼都想著妳。」

陶如意當時聽了也沒什麼在意，感覺有點玄乎。

畢竟她跟李承元兩人都沒怎麼接觸，可能也就是為了走個場面，才找了柳絮問問而已。

可是現在看了周圍，不單單只是走個場面而已，這牆上掛著的畫、几案上的擺設，都如她在陶府的閨房一般，不由得勾起了回憶。

只是多了婚房裡該有的大紅色。

過了片刻，李承元整理好出來，看到陶如意托腮放空，面前放著一本書，他斟酌了一下就走過去，把她散落的髮絲勾到耳後，輕聲說道：「娘子，讓妳久等了。」

陶如意回神過來，垂首，害羞的搖搖頭。

「不會。」

李承元牽了她的雙手，示意讓她起身去床榻，可是陶如意一時手忙腳亂，不知怎麼跟李承元開口說自己不方便的事。

「郎君，要是你累了就先休息吧，我再看會兒這本書。」那本書連翻都沒翻一頁。十五的月亮雖然比不上十六的圓，但依舊圓月當空，月色漸濃，從門窗照進來，挺美的。

李承元聽她說這句話，不由得蹙了蹙眉頭。這洞房花燭夜豈能讓他一人先休息，說出去都要被笑話了。

「娘子，都這麼晚了，妳還要看什麼？我們早些休息吧。」

陶如意隨口敷衍。「我還不睏，正看到精彩處，不看下去我會睡不著的。」

李承元明白了，她這是沒話找話，沒事找事，就是不想跟他一起睡罷了。

今天都累了一整天，她還不睏？剛才他一揭下紅頭巾的時候，她都打哈欠了呢。

可是，李承元又不想強迫她，這事本就要兩情相悅才行。

而陶如意這邊，無奈的往窗外望去，嘆了口氣。

「如意，妳是不是有什麼心事？我們如今成了夫妻，妳有什麼事都可以跟我說。」

李承元聽到她嘆氣了。

就算不是夫妻，有什麼也能跟他說，他一定會幫她解決的。

陶如意能怎麼說呢？

她平時的月事就不是很準時，尤其那一次被推下深淵後，更是讓她吃了來月事的苦，徐娘知道後還去找了大夫抓了些調理的藥，但是沒有多大作用。

平常來一次月事，第二天就會疼得起不了身，柳絮就給她煮了紅糖水喝下才緩點的。

她已經開始感到腹部有下墜感，腰有些痠了。一陣陣的疼痛來得凶猛，令人猝不及防。

不想讓李承元看出自己的不適，但是怎麼也難逃他的法眼，李承元剛才牽著她的手時，就發覺她的手有點冰冷。

見她隱忍不言，李承元走上前，抬起自己的手覆上她的額頭，發現有汗珠，但不燙。

他輕聲問道：「如意，不舒服嗎？」

陶如意用手捂著肚子，這次疼痛怎麼提前了呢？她該怎麼辦？柳絮沒在身邊照顧她，她心裡不由有點害怕。

面對李承元詢問的眼神，陶如意只是搖搖頭沒說什麼。

「如意，我剛才都說了，有什麼事情就跟我說，我是妳的夫君，不用藏著、掖著。」李承元直盯著她說道，好像她的臉上能看出什麼原因似的。
可是陶如意就是不說。
李承元覺得自己的好時光有點不順利，不過來日方長，她不急，他也不急。
被他這麼一說，陶如意抿著嘴吐出一句話，還很小聲。
「……我來月事了。」
李承元因為在想著事情，聽不清楚她說了什麼，便再問了一次。「如意，妳說什麼？」
陶如意忍著痛說道：「我來月事了，疼！」
李承元一聽明白，整個人不由得僵住了。
這是什麼？
一種嚴重的病嗎？
「如意，妳等等，我馬上讓石櫃去請大夫來給妳看看。」李承元有點慌亂了。
陶如意見他緊張的搓著手，自己都有些驚訝。
堂堂凌風山莊的莊主，竟然因為聽她說了那句話就這般心神不定，還要請大夫給她看，她急忙阻止。「不用請大夫，我休息一下就好。」
李承元聽了，直接走過去把她抱起來往床榻走去，輕輕的放下。「妳好好休息，我還是讓石櫃去把李大夫請來，他醫術高明，定會把妳醫好的。」
陶如意盯著他道：「郎君，你不用擔心，我這個過兩天就好了，明日我讓柳絮煮點紅糖水喝下就能緩緩的。」
「剛才還好好的，才這麼一會兒就成了這樣，不可能一、兩天就好的。」李承元執意起身要去外面找田石櫃請大夫。
陶如意只能攔住他，讓他低下身子，附耳跟他說了幾句。
李承元一聽完，耳根不由得紅了一片。
這……他一下子說不出話來了！
這雖然不是什麼大病，但是身為女人，一痛起來就如翻江倒海般難受。
陶如意不知道該怎麼辦。
徐娘偷偷跟她說過，成了親、生了孩子這疼痛自然而然就不會了，陶如意當時聽了還笑了笑，原來成親還有這麼一件好事呢。
她這幾年來，意志力變得有多強，遇到多大的打擊，依然好好在白家村過下去，但是李承元心裡清楚，她的內心是柔弱的。
自從去年在安隆街遇到她賣豆花後，他也讓暗衛去查了一番，這幾年她在柳絮家過得還算可以，顧上元和范卿蓉應該不知道她還活著，就是她們的日子有些拮据，只能靠著起早貪黑做豆花賣。

陶如意堂堂一個大小姐，拋頭露面在大街小巷裡吆喝攬客，還有心給自己做了打扮，才不會招惹一些亂七八糟的食客。

當年救了她，以為給了銀票，讓她跟著柳絮、小落子他們走得遠遠的就心安了，哪知道給她的銀子卻一分不花，寧願這麼受苦受累也要自己賺，甚至還要給在大牢裡的爹娘寄去一些打點的銀錢，這樣的結果都不是他要的。

李承元有點恨自己，當年為何要那樣安排，如果把她留在身邊，應該也就不會有其他的事。

說起來他也能保護她，就如現在，讓她成為他的妻子，誰還敢說什麼。

可是，這一刻李承元卻不知道如何做，對於女子來月事，他從沒遇過這樣的事。

他只能先去倒了杯水遞給陶如意，給她暖暖身子。

他決定過兩天要讓李大夫過來好好給陶如意看看，調理調理身體，如果李大夫不行，就寫信給他父親，讓王府裡的御醫來，怎麼也能看好陶如意這不知是啥的病。

李承元看著陶如意那疼痛難忍的樣子，心裡也跟著一樣難受。

原來自己竟然這麼在意她，一個動靜就急了，這真的不是他的個性啊。

他什麼大場面沒見過，但就因為今晚這點事情，把自己給出賣了，原來自己也就這麼點出息而已。

「郎君，你讓柳絮進來吧。」陶如意實在忍不了，雙手捂著小腹，無力說道。

李承元安撫道：「我馬上去叫柳絮過來。」

柳絮知道陶如意來了月事，急忙去廚房熬了紅糖水端來給她喝下，還給她揉揉肚子緩一緩疼痛感。

整個過程，李承元都記在心裡，他想著以後再遇到這樣的事，就知道怎麼處理了。

柳絮看姊夫跟在她身邊瞧著，心裡莫名的惴惴不安，姊夫的臉色真的很嚴肅。

李承元到現在還不知道月事是什麼，但看著柳絮對陶如意如此輕車熟路的照顧著，應該是女子常犯的病吧？

但是，不論如何，還是得請大夫過來給陶如意調理一下，讓她少受點罪。

折騰了大半個時辰，陶如意喝了暖暖的紅糖水，疼痛緩了一些。

李承元出去了，留下柳絮陪著陶如意。

這個大喜的日子竟是這麼過的，柳絮看著自家小姐，不由得嘆了一口氣。

「柳絮，妳也去歇一歇吧。」

忙了一天，大家都累了。今天還是自己跟李承元的成婚之日，最後卻成了這樣，說出去真的會讓人笑話，但是回頭一想，她暫時不用倉促的面對一個相處沒多久的男人了。

陶如意想起了什麼，問道：「柳絮，妳娘和蘇大哥他們呢？」一天沒見到他們，還真是有點想念，尤其是寧哥兒、王小胖兩個小子。

「我娘、蘇大哥和寧哥兒他們在山莊住下了，姊夫都安排得妥妥當當的。姊姊，妳放心吧。

「至於族長他們，就讓田大哥送回白家村。」

陶如意聽了心裡暖暖的，李承元自始至終都安排得合她心意。

柳絮說道：「姊姊，我就出去了，姊夫在外頭等著呢。」

陶如意點點頭，示意請他進來。

李承元進屋，見到陶如意已經躺下，臉色好了些。

他輕聲問道：「如意，妳好些了吧？」

「郎君，我好多了，今晚變成這樣，真的對不住啊。」陶如意羞答答說：「你也早些休息吧。」

天色已晚，圓月都躲了起來。

「妳這說的什麼話，哪有對不住、對得住的，以後可不許這般說了，妳好好躺著。」

李承元輕手輕腳的脫了外衣，本想跟陶如意睡一張床的，但見她疼成那樣子，他不忍心再讓她挪移位置，於是幫她放下床帳後，直接走到床旁邊的美人榻，晚上就在這裡睡。

陶如意見李承元遲遲不上床，轉頭看過去，人家已是在美人榻上躺著了。

「郎君，你這是……」陶如意說道。

「妳睡吧，晚上我就這麼將就著。」李承元輕輕說：「如意，以後有什麼事情定要跟我說，如果我不懂，妳可以教我，我們已是夫妻，真的不必藏著、掖著，我們過的可是一輩子的日子。」

陶如意一聽李承元說的這些話，整個人本是昏昏沈沈的她，一下子清醒了過來。這句話今晚就說了三、四次，一直在安撫她侷促的心情。

是啊，她跟李承元是拜了天地的夫妻了，以後有什麼事情都要有商有量的，他一個大男人就要成為她堅實的依靠，誰也無法欺負她了，那些地痞流氓、噁心之人，都不能把她怎麼樣了。

這樣的事實擺在面前，陶如意當然要高興才是。

「郎君，我心裡很清楚，既然答應嫁給你，我一定會做好一個妻子的本分，但你也知道我曾經的處境，所以我是不會輕易的放棄……」陶如意說著說著就哽咽了。

李承元聽出來了，急忙起身走到陶如意躺著的床邊，緊緊握住了她的手，說道：

「如意，不要想太多，有我在呢。」

第三十七章

清晨，天空露出了魚肚白。

陶如意在平常的時間醒過來，她睜開雙眼，入目的是那大紅的床帳，才意識到如今她已為人妻了，不是在白家村的柳絮家，而是在凌風山莊的李承元家了。

房裡靜悄悄的，身邊還多了一人——她的郎君李承元。

昨晚他本來去美人榻隨便躺會兒就行的，因為兩人敞開心扉的說了些話，不由得產生了一絲絲旖旎，彼此的呼吸此起彼伏，李承元給她揉了揉肚子，輕聲細語的說著瑣事，無奈她來了月事，要不然兩人定會乾柴烈火。

最後李承元只是輕輕的將陶如意往自己的懷裡攬了攬，沒多做什麼。

但是陶如意知道，他忍得難受，下半身稍微往後退了退，沒有貼近她的後身。

陶如意想到這裡，臉上又紅了一片。

此時此刻她不敢翻身，李承元攏在她腰間的手還是緊緊不放，可能是察覺到動靜，他的眉頭微微皺了皺。

陶如意正好面對著李承元，如此近距離的盯著他的面孔，心裡竟然撲通跳。

想不到她和他自然而然的走在了一起。

她現在肚子不那麼疼了，但是腰還是有痠疼感。

被他這麼攬著，她起不了身，他昨晚也是累了，這會兒呼吸很均勻，陶如意不想打擾他。

其實陶如意自己也很累，還來了月事，更是疲累，但這幾年都是這個點起床，成了習慣改不了。

若是平常，柳絮和她娘親已是做好了幾桶豆花，等著她挑去街市上賣。

陶如意睡不著了，只能僵硬的躺著，晨光從窗戶照了進來。

李承元其實在陶如意盯著他看的時候就醒了，只是沒有睜開眼而已。

他在想她會以什麼樣的姿態來面對所有的不一樣。

凌風山莊從此有了女主人。

「怎麼？睡得不習慣嗎？」因剛睡醒，他的聲音有些沙啞。

陶如意被他這樣猝不及防在耳邊開了口，嚇了一跳。「你醒了啊？」

剛才偷偷盯著人家看，他該不會發現了吧？

「嗯。」李承元鬆了鬆緊緊攬著她細腰的手，說道：「怎麼不多睡一下？是不是不習慣？」

陶如意搖搖頭。「我平常都是這個時候起床，我會不會打擾你了？」

「不會，要不妳再睡會兒。」李承元說著，覺得他們很像老夫老妻那般做著家常事。

而他的話還沒說完，就聽到陶如意肚子咕嚕咕嚕的叫了起來。

陶如意摸了摸自己那乾癟癟的肚子，不由低下了頭，羞答答的不敢去看人家。

這也太不像樣了。

在他面前出洋相，怎麼辦呢？

李承元看著她，低聲笑道：「娘子是不是餓了？我去讓廚房做些東西，妳再躺會兒，好了叫妳。」

他邊說邊起了身，整理好縐巴巴的衣裳下了床。

她當然餓了，昨晚都沒吃多少東西，也就那麼一碗湯圓而已。

還要忍受那樣的疼痛，耗了些力氣。

「郎君先不去吧，大家昨日忙了一天，就給他們好好歇歇。」陶如意也起了身說道。

李承元走上前說道：「妳還是吃一點吧，我都聽到肚子叫了，可別逞強。」

也罷。

陶如意沒再多說。

李承元打開房門走了出去，順手把門關上。

晨光越來越亮，陶如意竟然還聽到雞鳴聲。

這凌風山莊倒也跟在白家村一樣，有一種熟悉感。

而在院子外走來走去的田石櫃，看到自家老大穿戴不整齊的從他房裡出來，不由得目瞪口呆，這麼大好時光，竟然早早起來浪費掉？

實在太不像樣了，田石櫃就知道老大太過於拘束，要不然不會這麼晚才娶妻，甚至連一個妾室、通房都沒有，跟那位葉大人一個樣。

這還真是世上少有，何況老大和葉大人如此家門的人。

田石櫃心裡不斷為老大感到惋惜，但又為陶如意感到欣慰，老大定會好好對待這個女人的。

老大不會三心二意，看準了就會一心一意為之。

田石櫃看到李承元越走越近，迎了過去，笑笑說：「老大，早啊！」

「石櫃，去廚房讓孫貴做幾樣好吃的，可不能冷或辣的，儘量清淡。」李承元一見田石櫃就交代不停。

田石櫃忙著記住他交代的，這要求也太多了吧？是老大要吃的，還是屋裡那位要吃的？

「是、是，老大，我這就去跟孫貴說說。您先回屋，等一下讓人送過去。」田石櫃笑呵呵說。

「讓孫貴做快些，如意肚子餓了，不能等太久。」李承元淡淡說。

田石櫃就知道是屋裡那位要吃的，老大都著急了。

昨晚該是累著了，田石櫃暗暗笑道。

他急忙跑去廚房，跟孫貴好好交代一番。「孫師傅，讓大家快些做好，老大在催著啊。」

孫貴跟小廚幾人早就忙碌起來了，今天凌風山莊也要再擺幾張酒席的。

「知道了，石櫃，老大催也沒有用啊，這些吃的得要煮熟才行啊。」孫貴手裡的勺子都不停晃著，他邊說話邊幹著活。

其實說起來，凌風山莊都很少這麼熱鬧了。

他們的莊主娶親，這可是普天同慶的好事，李莊主都二十幾歲的人了，山莊裡沒個女主人，真的說不過去。

但是，這大喜事卻是在不動聲響的情況下辦了。

昨日的酒席，不多不少也就十幾張而已！

請的客人也是精挑細選的，不是什麼豬朋狗友都能來的，李莊主很有原則，就算是知府大人還有縣城有頭有臉的那些人都沒有請，他們的好意都回拒了。

孫貴雖是凌風山莊的一名廚師，但是很受上下的尊重，連李莊主都給他一點薄面呢。

「石櫃，按你說的，這些可是要給我們莊主夫人吃的吧？」

田石櫃隨手拿了一個菜包啃著，點點頭。「當然了，老大還說快些，莊主夫人餓了。」

孫貴聽了這話，不由得笑開了。「莊主還真的對夫人好啊，這麼在乎她。」

「那是當然了。」

陶如意洗漱完，剛好李承元端了早點進來，後面還跟著田石櫃一起提著食盒。

一見這情景，陶如意覺得莫名奇怪。

跟在後面的田石櫃也跟陶如意一樣的想法。

老大現在都親力親為，連這麼點小事都不放過。

其實讓莊裡的婢女拿來就好了，自從要成親後，李承元讓田石櫃去奴市找牙子要了幾個婢女和侍婦，凌風山莊可不能再清一色都是粗漢了，怎麼也得添些丫鬟。

實在不相信這些新來的，也可以讓柳絮過來照顧啊。
偏偏老大就是不要，在院子裡等著廚房做好，親自去端過來，他一人拿不過來，就讓田石櫃搭一把手。

到了新喜房，李承元卻不讓田石櫃進屋，讓他在外面等著，他把東西放下了就去接過田石櫃手裡提著的食盒。

「好了，你可以回去了。」

田石櫃十分疑惑。

這什麼節奏啊？

竟然都不讓他踏進一步。

也對，畢竟那是喜房，不可以隨隨便便進去的。

陶如意整理好衣著，梳好髮髻，就走到桌前，幫忙擺放吃的。

李承元讓她坐下，他一人兩三下就把吃的放好在桌上，有紅棗小米粥、雞蛋肉餅、豆花、豆沙包、水煮蛋，還有一碗熱呼呼的紅糖水。

這也太多了吧？

「如意，妳先把紅糖水趁熱喝了。」李承元把碗遞給她，說道。

陶如意不想再喝這個了，可是人家盛情難卻，只能接過一口喝下，不一會兒整個身子都暖呼呼的。

李承元看著她的臉色還是蒼白無力。「要不我讓李大夫過來瞧瞧吧，給幾帖藥調理調理好些。」

陶如意搖搖頭說道：「不了，我這不是大毛病，無須找大夫，明天我就會好了，這不又喝了這個，舒坦多了。」

請不要再說這個話題了。陶如意心裡祈求著。

雖然房裡就他們倆面對面坐著，但是也會不好意思的。

李承元瞧她都不看他一眼，就沒再多說什麼，盛了碗小米粥給她。

「試試這個，廚房的孫貴做的飯菜還是可以的，但是比起妳就略輸一籌。」一句、兩句都不忘誇她，陶如意聽著都不好意思了。

她看看小米粥，看起來不錯，舀了一勺入口，清淡適口，加了紅棗，有點鮮甜味，軟綿綿的。

她一下子就吃了兩碗。

李承元看著她，笑咪咪的，自己卻一碗都不吃。

「郎君，你不喝點嗎？挺好吃的。」她起身給他盛了一碗遞過去。

李承元見她給自己盛了粥，嘴角上揚，端起碗一、兩口就喝完了。

兩人還真會吃，看來還真是餓了，拿來的東西都下了肚。

陶如意一抬頭，發現李承元在看著她，兩人愣怔片刻後，相視而笑。

這時，柳絮進來了。

見柳絮一來，兩人都停住，各自輕咳一聲，繼續吃著豆沙包。

柳絮進門時就發現不對勁，但是都已經跨進一步了，進也不是，出也不是，她都為難了。自己來的不是時候，打擾姊姊和姊夫卿卿我我，讓她娘親知道了，定會說她兩句，這時候湊什麼熱鬧，不用這麼熱情往前湊的。

「柳絮，這包子很好吃，妳試試。」

陶如意拿了一個包子遞給柳絮，柳絮只好拿來吃了一口。

「好吃也沒姊姊做的好吃。」柳絮實話實說。

陶如意聽了有點尷尬，在他面前說這話不好吧？

柳絮沒注意到兩人的臉色，把手裡的包子吃完。

李承元笑笑說：「是嗎？那我要嚐嚐娘子的手藝了。娘子，妳看看什麼時候給夫君做點拿手好菜啊。」

陶如意抬眸看了他一眼，回道：「郎君要是想吃，我隨時都可以。」

柳絮聽著，才明白自己說的話有點過了，但說出去的話就是潑出去的水，怎麼收也收不回了。

況且事實就是如此啊，她的姊姊做得比山莊裡的師傅要好吃些、鬆軟些、鮮香些。

陶如意和李承元吃完早膳，柳絮去收拾。

來山莊沒多久的丫鬟春花進來伺候，她剛才被田管事說了，竟然比主子晚起，這都成何體統。

春花她也不知道規矩啊，沒人跟她說在凌風山莊裡要注意些什麼，也沒跟她說去伺候哪位主子、分配在哪個院子裡。

她什麼都不清楚，迷迷糊糊的，其實她早就起來了，站在院子門口拽著袖子不知所措。

凌風山莊有四個大院，凌然院、扶雲院、瀟風院、玉安院，這麼大的地方，她還真是第一次見到。

最大的主子就在玉安院裡，她也是剛剛才知道的。

她不認識字，大院門上刻著的字她看不懂。

玉安院比其他幾個院要大了些。

原來主子這兒已經有人在伺候著了。

春花站在院子門口的一個角落徘徊時，就看到一個高大的男人提著東西往裡面走進去，還看到田管事跟在後面，她本想要叫住田管事問問的，可是見他們都那般嚴肅，她都不敢走過去了。

這才知道那位高大的男人是凌風山莊的主人，竟然親自去廚房端吃的給莊主夫人享用。

春花偷偷瞄了眼莊主夫人，長得真好看，還對她笑了笑，看著一點都不凶惡。

她擔心自己來到不把她們這些丫鬟當人看的人家，自從進了這山莊，就一直忐忑不安。

莊主和他夫人兩人瞧著很親近，昨日才成的親，春花聽說也是因為莊主要成親了，山莊需要人手，田管事才去奴市挑了幾個，她運氣好就被買了過來。

她已經在奴市擱了好些日子了，她急著用錢，這可是救命錢啊，家裡還靠著她的錢給爹爹治病呢。

夫人旁邊的柳絮姑娘對她也是輕聲細語的。「妹妹，妳先在外頭打掃，我這兒整理好就過去。」

春花聽著柳絮叫她妹妹，心裡覺得暖暖的，親近多了。

這屋裡就只有那位莊主，瞧著冷峻深沈，也就只對著自家夫人才有點喜色而已。

第三十八章

以往的中秋節，都會熱熱鬧鬧的圍在一起賞月、吃月餅。

寧哥兒最盼望這一天到來。

原先幾年沒有多餘的銀子，但陶如意在中秋節這天會特地花幾文錢買幾塊餅應景一下。

因為昨日是她成親的日子，所以就把過節這事忽略了。

陶如意問了柳絮。「寧哥兒沒吃到月餅，是不是很難過啊？」

柳絮笑笑道：「他啊，哪裡會，昨兒是姊姊的大喜日子，他高興都來不及呢。昨晚他吃得最多，好多以前沒嚐過的都吃到了，姊姊妳說，他會難過嗎？」

何況姊夫都安排得妥妥當當的，辦喜事又加上中秋節，他讓人每桌多加了一盤月餅，來的客人都高高興興的過了一個團圓節。

這些是她娘跟她說的，娘親昨天也是樂得合不攏嘴，時不時就說：「如意找到個好人家了，真是菩薩保佑。」

其實接觸姊夫也就這麼幾次，怎麼她的娘親就確定這個姊夫是良人了呢。

的確，姊夫對姊姊很好，就衝著當年救姊姊這事，就能說明他這人仗義心善。

白家村村裡有某些人一聽到陶如意要跟凌風山莊的莊主成親，心生妒忌且說了一些亂七八糟的話，柳絮聽到了也不想告訴陶如意，不想給她增添一些煩惱，只要成婚後姊夫對姊姊好就好，別人說的都是廢話。

剛才兩人一起吃早膳，姊夫幫姊姊盛粥、拿包子，姊姊很是自然的接過，氣氛瞧著很溫馨。

柳絮偷偷樂著呢，她等一下要去告訴她娘親。

蘇大哥昨晚醉了，他在酒席上遇到了幾個好友，尤其激動，還有個原因是他的乾妹妹成親了，還是一門大戶人家，凌風山莊在這附近可是有門有道的，一般人聽了覺得它十分威嚴，不好靠近。

他卻成了這山莊莊主的乾舅爺，論起輩分倒也是親近得很。

在酒席上，李承元在蘇清和徐娘坐著的這一桌敬了三杯酒，還說了十分客氣的言語。

蘇清當時還真想不到李莊主會這樣做。

他替妹妹高興。

陶如意坐著都不想動了，肚子的疼痛感退了些。

「柳絮，寧哥兒和胖哥兒高興吧？」她問道。

李承元一直坐在陶如意的對面不說話。

柳絮收拾完桌面的碗筷，本想留下來跟陶如意好好聊兩句，可是姊夫還在這兒，她不好意思多說什麼，只能笑笑跟陶如意說：「姊姊，這天還早呢，要不妳再歇歇，我去看看他們怎麼樣。」

「我睡不著。」都習慣早起幹活，有時間好好享用，還真的沒那心情歇息。

李承元開了口。「要不我陪妳去院裡走走？只是妳身子如何？」

陶如意也挺想出去溜溜，畢竟第一次到這裡，整個山莊如何她都不熟悉。

柳絮先退了出去，去找那個新來的丫鬟春花，跟她說說要幹什麼活兒，姊夫讓柳絮當了山莊裡的主事，專門管那些婢女、侍婦。

柳絮想想自己都多久沒做這樣的事情了，以前在陶府，她只是小姐的貼身丫鬟而已，不過陶府的管事人很好，對她們這些小丫鬟都是手把手教，且從不發脾氣，這也多虧了府裡的主人們都是正派且心善的人，不說別的，就說她的小姐，一直是端莊賢淑，平易近人，私下有什麼好的東西，都會發給她們一些，所以她在陶府是吃好睡好，且活兒不累，還得了一些稀奇的物品。

不由自主的又想起了往事，小姐這些年不容易，跟著她躲在白家村吃苦。

柳絮想有一天老天爺開開眼，給那些壞人報應，將他們都繩之以法。

陶如意本想多問幾句的，柳絮卻趁他們說話的空隙走了出去。

這小妮子竟然這麼識趣，還真是看不出來，從來她是跟著自己形影不離的。

李承元在等著她回答，陶如意抿著嘴道：「出去看看也好，熟悉一下周圍。郎君，你可有什麼事情要去辦，別耽誤了，我自己也是可以的。」

身為凌風山莊莊主，事情應該很多，說句實話，他還要幫大津驅外敵、除內患呢。他昨晚都說了，他父親不方便過來參加他的喜事，這其中定有什麼的。

她不能多問，也不該問。

「我今日只有一事要做。」李承元說道。

陶如意抬眸看著他道：「那郎君快些去，我讓柳絮陪著我就行。」

李承元笑道：「只有一事要做，那就是陪著妳。」

陶如意沒想到會是這個。「這……」

這人怎麼這樣，甜言蜜語如此張口就來，陶如意真的受不住。

平心而論，哪個女子不喜歡聽這樣的話呢？何況面對李承元這樣的男人，相貌堂堂，冷峻威嚴，誰見誰動心。

往深處想，陶如意覺得自己還真是攀上了一棵大樹，大樹底下好乘涼。

「走吧，娘子，妳就不要多想，如果有什麼不適就跟我說。」
他見過她那蒼白的臉色，還有疼痛得曲著身子、捂著肚子那副狼狽樣。
陶如意知道從早上起來後，李承元就一直在照顧她，噓寒問暖的，令她心裡很舒服，這份依靠、這份關心，她想緊緊抓住。
陶如意點點頭，面露微笑道：「知道了，郎君。」
如果要走遍凌風山莊，需要花費一段時間。
它是由四個院子組成，一時半會兒無法看仔細，李承元跟陶如意說若實在太累，就讓田石櫃叫轎子過來給她坐著觀園。
陶如意聽了不由瞪了他一眼。「那還看什麼，搞得那麼大陣仗，讓人知道了豈不笑話？」
「在這裡誰敢笑話妳？」
「那也不可這麼做，我一點都不累，今天看不完，那就等明天、後天。」
「好、好，妳說什麼就什麼。」
陶如意聽了這話，怎麼感覺怪怪的。
她說什麼就什麼？還是從李承元嘴裡說出來的。
凌風山莊看似地方大，卻不奢華，還能欣賞到花木深處有小橋流水，竹木蔥蔥隱藏一處，瞧著閒情逸致。院子與院子間有一個亭臺假山，走累了可以歇一歇。

陶如意跟李承元並肩走在水池邊，這裡看看，那裡瞧瞧，可見這山莊是李承元花了些心思打理來的。

「娘子覺得如何？」李承元轉頭問道。

陶如意臉上露出了一絲笑意。「很好啊。」

她一下子詞窮了。

這時，不知道是怎麼回事，陶如意一個跨步站不穩，就要踩空，眼看著就要掉進水池時，有隻手抓住了她的胳膊，一個使勁往回拉，陶如意不由得慌亂，重重撲進了李承元寬大的懷裡。

「如意，沒事吧？」李承元急忙問道。

「我沒事，多虧你拉了我，要不然就真的要成落湯雞了。」

看著這水池不深，池裡竟然還有魚游來游去。

就算會毀了這庭院的美觀，李承元決定要在水池四周搭上圍欄，因為陶如意時不時要來這裡走走看看，不能再出現這樣的差錯。

陶如意不知道李承元心裡已是想了許多，她的心撲通撲通跳，竟然光天化日之下撲在了人家的懷裡，讓人看到就不太好了。

而這樣的一幕，還真的入了兩個小子的眼。

白秋寧和王小胖看得目瞪口呆，陶姊姊跟一個男人相擁而抱在那水池邊，男人小心翼翼的扶著陶姊姊的腰。

陶如意覺得有些不好意思，李承元卻偏偏無所謂，這裡是他們的家，夫妻倆這樣的舉動本就是理所當然的，有什麼害羞不害羞的。

甚至現在她那一雙嬌軟的手被男人寬厚溫暖的大手緊緊攥著不放，似是怕她又一次摔倒踩空，表情越發凝重，陶如意只能任由他攥著，不再掙脫。

沒用的，她的力氣比他小得多啊。

而站在院子拱門處的白秋寧和王小胖本想著跑過去跟陶姊姊打聲招呼，準備要喊的時候就被跟過來的春花攔住了。

「兩位小公子，請往這邊走吧，我們就不去打擾莊主和夫人他們了。」

想不到春花這麼快就變得如此識趣，不讓他人去打擾了主子們的雅興。

白秋寧和王小胖學了些字，腦筋靈活得很，雖然沒有見過這樣的場面，但也知道春花的意思。

兩人捂著嘴急忙轉身往後退去，春花見狀也退了回去，三人都輕手輕腳的，怕讓他們發現了。

王小胖的爹王良平昨日也來凌風山莊喝喜酒，看到了自家兒子時十分驚訝，問了蘇清和徐娘才知道其中緣由。

原來他們老大娶的妻子竟是陶如意，以後都要稱她為夫人了，想想還真是有緣分，因為一場躲雨，他們相識，王良平還十分放心的把自己的兒子放在陶如意這邊。

不過，兒子被教得好，他也是臉上有光，這都多虧了莊主夫人的幫忙。想想那時候老大讓他把信送去，原來是有目的，他佯裝得好，不過如今陶如意應該是知曉一切了吧？

如今可是親上加親，王良平心裡十分雀躍，這等好事竟然讓他遇到了。

成親第三天，陶如意要回門，無奈她的家人都不在這兒。

徐娘早先就跟她商量，讓陶如意和李承元雙雙對對回白家村就行，這一風俗怎麼也不能省略。

徐娘早就把家裡收拾好，該修葺的都修葺一番，貼上「喜」字，掛上大紅紗綢，整個院子看著喜氣洋洋的。

其實在這之前，李承元就讓人過來幫忙了，給她們增添些家具擺設，外牆四周都重新粉刷一遍，瞧著煥然一新，怎麼也不會差多少，左鄰右舍都說她家房子就像縣城那些大戶人家一樣呢。

徐娘倒沒如此想，只要能讓陶如意回娘家有個好去處就行了。徐娘還特地打理了一間房，留著給陶如意和李承元住，如果李承元能同意在這裡小住幾日那就更好了。

寧哥兒早早就起來嚷嚷陶姊姊他們怎麼還沒到呢？徐娘想這小子是在想著陶如意做的飯菜香吧？

李承元先讓田石櫃搬了好些回門禮過來，足足一大車。

經過白家村的小巷，村裡人見了都眼紅，徐娘竟然這麼好命，能得如此豐厚的禮品，那個說是她親戚的陶如意嫁了個高門大戶，在縣城裡可是有著好大的莊園，聽說走一天都走不完，而且那些地痞流氓都怕著那位，連官府也得讓三分。

他們沒有親眼見、親耳聽，但是別人傳的應該也差不了多少。

這不，連那些許久沒來往的遠房親戚都來了，她們消息還真靈通，就如狗鼻子一樣嗅了過來。

徐娘一路視而不見，她早就看透這些人的心思，那麼多年她過得辛苦的時候，誰有來接濟她一下，甚至都想跟自己斷絕關係呢。

李承元和陶如意早早就來到白家村。
徐娘和蘇清兩人在路口等著他們。
雖然才離開三天，陶如意就開始對這個家有點想念了。
徐娘和蘇清參加完酒席的第二天就回白家村了。
算起來陶如意是第一次這麼久沒見到他們幾人過。
一見李家馬車漸漸行駛過來，徐娘滿臉笑容。
「來了，來了，如意回來了！」
蘇清也一樣欣喜，說道：「乾娘，我去準備點爆竹。」
「好好，快去，快去，你可要注意些。」
蘇清轉身往自家院子門口去，寧哥兒和王小胖站在那兒，手裡提著一大圈爆竹。
見蘇清走過來，兩人異口同聲道：「大哥（蘇先生），陶姊姊來了吧？」
「你們的陶姊姊來了，我來點火，你們快進屋去，可別嚇著了。」
「我們不怕。」
聽著兩人膽子還真大，可是在蘇清要點火的時候，他們就急急忙忙的捂著耳朵往裡面跑。
蘇清看著他們那樣子，不由笑了。

爆竹響著，村裡人都圍過來看熱鬧，蘇清去給他們發了喜糖，大家都欣然接過，說著恭喜話。

這時馬車靠近，停了下來。

李承元先下車，陶如意跟在後面，李承元伸手去牽她，兩人一來一往，瞧著恩恩愛愛。

李承元抬眸看著自家娘子。

她今日真是不一樣，杏眸似水，容貌如花，剛才在車裡摟著她那細腰時都不敢跟她對視，怕自己一個忍不住就會忘形了。這幾日他定性還好，要不然就真的會做出不妥的舉動來。

陶如意見他那眼神直盯著自己的腰，她的耳根子都紅了，這男人真是看不出來，瞧著冷漠無情，私底下卻是直白得很。

她想著自己既然嫁為人妻，就不要太扭扭捏捏的，無奈這些日子她來了月事，還真無法順了他的意。

還有，她發現了一個祕密，李承元半夜去給自己潑了冷水。

陶如意拍了拍自己的臉。

好了，不要想這些亂七八糟的事了。

「如意、如意！」

徐娘叫著她。

陶如意回過神來，笑笑說：「徐娘，我想吃妳做的豆花了。」

一來就這麼一句話，徐娘聽了更是高興。

「好、好，我早就準備著呢。」

李承元在一旁看著她們，不是親人勝似親人，陶如意跟徐娘她們就如一家人。

而陶大將軍和他的夫人沒能在他們成親的時候回來，這是最大的遺憾。

李承元決定要快些把他們救出來，不讓陶如意總想著這事而傷心無奈。

第三十九章

陶如意跟李承元成親後，依然還要去做買賣。

當年李承元給她的銀票，她從箱底裡拿了出來，準備盤間店面來做。

她想開一間食肆，名字都想好了，就叫——

忘憂矣館。

她上次跟李承元去一醉休，裡面的飯菜精緻可口，但是價格特別貴，一般人家是無法進去享用的。

所以來一醉休喝酒吃飯的都是高門大戶的人，李承元和葉時然來了就有雅間，是因為他們跟一醉休的老闆認識，且關係不錯。

這吃個飯都要靠關係，花的銀子又多，那也太高調了吧？

還只在一個縣城裡罷了，大興最貴的酒樓都沒有這樣的規定。

陶如意聽著，感到十分驚訝。

她都懷疑自己是不是因為太久沒去這些酒樓吃飯，所以不懂行情了？

她越聽越是更加堅定自己要好好做生意的打算，就算李承元家大業大，怎麼也不能成為她自己擁有的，口袋裡有銀子是要靠自己努力去賺，這樣才是自己的資本。
李承元耐著性子跟她說著所見所聞。
陶如意認真的做著記錄。
因為陶如意跟李承元說了自己的打算，李承元二話不說就答應了。
他還著人先去看看哪裡有店面出售，他的意思是直接幫她盤下來。
陶如意只是想跟他交代一聲而已，開食肆她想自己一步一步來做，不想李承元參與，要不然讓別人知道了，還以為她是靠著他爬上來的。
真是奇怪，陶如意自從嫁到凌風山莊後，心中一直有這個想法。
她跟李承元成親前沒有多少接觸，但是一來兩人就有商有量的，彼此聊得來，舉止水到渠成，不會有什麼隔閡。
一般是李承元在認真的聽她說，一有什麼意見他提出來的都是合情合理。
陶如意都有點懷疑，他們上輩子約好這輩子繼續做夫妻。
「我想自己來做，你就不要讓田大哥去找店鋪了。」陶如意給李承元泡了花茶，遞了過去。
晌午後，李承元就回凌風山莊了。
一進玉安院，看到陶如意在等著他，本就冷峻的臉面就緩了緩，對著自己的嬌妻，就沒多說其他的。
陶如意是想跟他商量些事情的，她要開間食肆，這個他是支持的，因為知道她做的菜式不錯。
自從她來了這裡，他吃了幾頓她親手做的菜，簡直美味可口，每一次他都吃得津津有味，回味無窮。
比起一醉休的拿手好菜都要好，這可不是向著自家人誇口的，事實就是如此，那個田石櫃吃一頓回來後，對著兄弟們讚不絕口千遍萬遍了。
「我讓田石櫃去打探就行，如果問到好的地方，妳再親自去看看合不合適。」
李承元喝了陶如意給他泡的花茶，有一股淡淡的香味撲鼻而來。
「這茶清香，入口回味，是妳自己做的嗎？」
「這是百合花茶，我看你這幾晚都有咳嗽，可以給你潤潤喉。」陶如意輕輕說道。
李承元一聽這話，抬眸望去。
她這麼在乎著他，他心裡當然是欣喜不已。
「郎君，你是不是有很多事要做啊？」
這幾日都忙上忙下的，不管他多忙，還是會抽點時間陪她說幾句話的。
身為一莊之主，上下兄弟那麼多，要做的事情當然很多。何況他還是安順王的兒子，多少要分擔一下。

「我都忙完了，妳放心，我還是有時間跟妳說說話的。」

如今莊裡只有柳絮陪著陶如意，他明白她有點不習慣。

而且已經忙了幾年的活兒，現在停了下來，當然是不甘心的。

可是李承元覺得陶如意不可再去做那些粗活了，必須護在身旁。

陶如意不同意他的說法，當時說話語氣還重了些，不過最後李承元妥協，說在山莊的後山處闢一塊地出來給她們去種田、種果蔬。

如果不想別人去打擾，就讓徐娘她們都過來這邊一起住，幾人繼續以前在白家村過的日子。

跟念家鋪和安家做的生意，她依然可以繼續，李承元不去摻合。

他懂得她的想法，自己本就是一個有主見的人，如果因為成了他的人就過多參與，到最後就是適得其反，落了個不好收拾的結果。

「如意，我今日跟蘇清見了面。」

陶如意一聽這話，不由得抬眼看著他。

他去找蘇大哥做什麼？兩人都沒怎麼接觸的。

李承元知道她心中有疑惑，說道：「蘇清是個有用之才，我想把他請來莊裡幫忙。」

如今是用人之時，不管如何，當然是要找可靠的、可信的。蘇清能跟陶如意結拜為兄妹，且相處這麼好，所謂同甘共苦就是這等情景，他明白。

當然，李承元還是會找人暗地裡查探一下，收入麾下共事也不是隨隨便便就行的，好的將才是要經過一番考驗。

蘇清智謀可用，他也有過艱苦的日子，也正因為這個，陶如意的一碗豆花雪中送炭，他念念不忘，還給了陶如意最珍貴的食譜。

這件事陶如意跟李承元說過。

陶如意道：「蘇大哥的確是一個人才，只是他要參加明年的考試了，這樣會不會影響到？還有他開的那個學堂，那些學生們可不能不管不顧的。」

「這些妳放心，我會安排好的。我跟蘇清見面，說了我的意思，他馬上就答應了。」

「蘇大哥一直想為大津做點事，你別看他文弱一書生，卻有著保家護國的雄心壯志呢。」陶如意面帶微笑道。

他們兩人曾經坐下來聊過，說著朝廷種種利弊糾葛，還說要不是投錯胎，如今他可是陶大將軍麾下的好戰士，跟著大將軍上陣殺敵。

「如意，妳還真是對妳蘇大哥十分了解。看來這麼一年半載，你們相處得不錯。」李承元淡淡說道。

陶如意見他臉色不那麼好看，輕笑道：「我們是相處得很好，我跟寧哥兒和柳絮都叫他大哥，親近得很呢。」

說起來，陶如意是因為跟蘇清結拜，才有了一個兄長，而徐娘才有了乾兒子可依靠。

有一個當秀才的親人，她們在白家村就不會受欺負。對方如果有什麼壞心思，也需要掂量掂量。

李承元當然知道這其中的原由，只是見陶如意一說到蘇清就直誇他人好，還叫得十分親近。

他一聽陶如意叫蘇大哥就莫名不舒服，心裡有點空落落的，她叫他都沒那麼甜呢。其實他也知道，陶如意和蘇清只有兄妹之情，無關其他。

自己這般小氣，要是讓田石櫃、劉三刀那些手下知道了，就是一個大笑話了。

自從把陶如意娶進門，李承元就覺得自己越來越沒有原則。

前日在假山後不經意聽到那幾人的談話，他們是在偷偷說一些關於他的事，話裡句句是想不到老大變成這樣，對著他們就一副冷得如冰的臉，而一見到夫人就笑得如花似的。

他沒有走過去說他們，只是輕手輕腳的離開。

他捫心自問——

他變了嗎？

好像沒有啊！

他一直是這個樣子。

想到這裡，李承元再度猶豫片刻。

隨後他問道：「如意，妳會不會覺得我有所不同了？」

這一句莫名其妙的問話，讓陶如意心生奇怪。

「這……郎君，你為何如此問？」

能有什麼不同？不就是一張嘴、兩個耳朵、一雙眼睛，不過比起別人是長得英俊些，人看著沈穩可靠些。

「石櫃他們說，我自從娶了妳後，就不一樣了……」李承元面不改色地對著陶如意說。

陶如意被他一說，才慢慢知道了其中的意思。這話令她臉上熱呼呼的，甚至都要蔓延到後頸了。

輕咳了一聲，陶如意回道：「郎君，你一點都沒變。」
只是他原先如何，她是一點都不知道的。
幾年前也只是見過他那厚實的背影罷了。
李承元只是付之一笑。
還是不要再說這些話，人家都臉紅了。
「如意，妳跟柳絮她娘親商量商量，找一天搬過來，就住在扶雲院那邊，離這裡也近。」李承元說道。
陶如意心想他是把事情都安排好了，只不過是她還沒給答覆而已。
她抿了抿唇。
不知道徐娘他們願不願意來山莊裡住？
李承元看著她，再說：「後山那一大片地，我已經讓人鋤平，看起來都跟白家村的田地是一樣的，那邊能種的東西，這邊也能種，白家村的那間屋子，我也會讓人時不時去打理的。」
陶如意聽著，十分詫異，這完全是想把在白家村的一切都移到凌風山莊來了。
「可是，白家村的那間屋子是柳絮的爹給他們留下來的，我想徐娘是不願意來這裡住的。」

那間屋子是白平貴留給徐娘的最後一點念想，她怎麼可能不管不顧？後來徐娘還自己親力親為的給房子修葺一番，如今看著還是很牢固。

「郎君，我這次是跟你商量我做買賣的事情，怎麼就說了其他的？」陶如意撇著嘴，臉色不好。

「妳想繼續做生意就做，銀子不夠就跟我說，我當然是全力支持的。只是有一點，就是店鋪就不租了，直接盤下來吧，按妳的手藝，一定能把本錢賺回來的。」李承元盯著她說道。

如果要盤一間店鋪，她的積蓄倒是夠的，怎麼說李承元當年都給她留下好些銀票呢。

這大半年她也賺了不少，無法給小落子寄過去，就都留著了，算算也有好幾十兩。不過，在安隆街盤間店面的話，應該會更貴一些，畢竟那兒是熱鬧的街市，坐地起價這是人之常理。

「郎君，要不我明日去找年老闆或安掌櫃問問，他們比較熟悉那裡的情況。」陶如意斟酌了一下，說道。

「也行，我讓石櫃跟著妳去。」李承元不想自己出面，他在的話，他們都不好說話。

「這會不會太麻煩田大哥了？柳絮跟著去就行。」

「一點都不會麻煩，石櫃跟著去跑跑腿也是好的。」

田石櫃在操練場對著那些兵士吼著、指揮著，卻覺得好像有人在背後說他什麼，鼻子癢癢的，重重的打了一個噴嚏。

「好，郎君你就看著辦吧！」陶如意笑笑說。

她給李承元再沖了一杯百合茶，遞了過去。

「你再喝一口，咳嗽早點好。」

「謝謝娘子。」李承元嘴角上揚，笑著說。

他們成親都大半個月了，兩人都沒好好親熱過。

李承元忍得辛苦，可是見陶如意成親時那痛苦的樣子，他都不知道怎麼做。

他去請李大夫過來給陶如意調理調理，原來在那次掉下深淵後就落下病根了。李承元知道原因後，對顧上元和范卿蓉更是痛恨，氣得咬牙切齒。

要不是他及時趕到，不知道後果會怎麼樣。

那日寒風刺骨，深淵底下狼虎出沒，一不注意就是片甲不留，死了連個屍體都沒有。

范卿蓉還下令，死要見屍，活要見人。

這句話他是聽得清清楚楚的。

救起陶如意後，她可是燒了三天三夜，差點就真的連命都沒了。

還好她堅強，抓住了那殘留的一絲絲求生慾望。

當時，李承元看著陶如意那蒼白的臉、皺著的眉頭，她的手緊緊抓著他的胳膊不放，迷迷糊糊中還說著話。

原先他聽不清在說什麼，附耳仔細一聽，才知道她想她的父親、母親。

陶如意問過他當年是怎麼一回事，他只是專挑著重要的說，說太仔細怕又勾起她的回憶。

畢竟那是痛苦的回憶，能忘記還是忘記吧，但顧上元和范卿蓉的仇，卻是一定要加倍償還的。

「郎君，我還做了些糕點，比較清淡，我去拿過來給你嚐嚐。」陶如意起身說道。

李承元點點頭，被她一說，肚子還真有些餓了。

他不喜歡太甜的東西，陶如意就特地做了清淡的糕點給他吃。

李承元嘴裡說無所謂，但是陶如意依照他的喜好，做東西給他吃，讓他在別人面前十分顯擺。

第四十章

安隆街處在梅隴縣最旺的地段，一去探問，還真是坐地起價，比別的地方要貴一、兩倍。

就算如今世道不安穩，但是好的位置還是很搶手的。

沿街轉了一圈，開酒肆的就有三家，包括一醉休在內。

即使沒有得到什麼轉租或轉盤的信息，陶如意不急，這麼大的事情當然要好好琢磨琢磨。

柳絮跟田石櫃跟著一起來，他們時不時說一句，走累了就在茶坊坐會兒喝口茶。

有田石櫃跟著，待遇就是不一樣，店鋪的掌櫃大都認得他，甚至一見到他來就給他遞東西。

田石櫃算是正派之人，且是跟著自己夫人出門的，當然沒有接受，要是讓老大知道了，又要被罵一頓。

說起來他也不缺這些小恩小惠的，有句話說得對，拿人家的手短，吃人家的嘴軟，他可不想往後有什麼給人家在背後說三道四。

「姊姊，這店面還真難找。」

轉了一圈都沒個頭緒，柳絮口渴了，一口氣就把一碗水喝下。

「我們不著急，慢慢來，總會找到合適的。」陶如意輕輕說道。

剛才還去米店找了張掌櫃聊幾句，許久都沒見過面，他現在店裡賣的大米漲價了。

他本也不想的，可是形勢所迫，不漲一點他賺不到錢。

陶如意想想自己才一個月沒出來，外面就變了。

這買賣瞧著不好做，所以她跟徐娘一直堅持要自己有地來種，收成好了除了自家用還能變賣。

李承元竟然答應在後山闢一塊地出來，那她就找了幾個小廝去地裡鬆鬆土、澆澆水，跟劉嫂買了些種子撒種。

白家村的田地種的東西，有些還沒收成，徐娘常去打理，陶如意便給她請了個小丫鬟，徐娘堅持不要，她還有寧哥兒幫忙呢。

陶如意跟徐娘說了李承元的安排，自己也想請她一塊兒去山莊住，還能幫著自己做買賣。

徐娘本不想離開這個家的，畢竟這裡有白平貴留下的回憶。

但是回頭一想，大家都走了，她一個人也不好在這待著，還給她們添麻煩，時不時擔心她。

況且寧哥兒也要找個好點的書塾讀書，以後可是要做有出息的人，這樣才對得起死去的白平貴。

而蘇清答應去跟著李承元了，他開的學堂就要讓別人接手，那麼學堂就不能繼續在她的院子開了，李承元讓人在村口找了一間大院當學堂，那十幾個學生都到那邊去上學了。

學堂沒有了，蘇清離開了，兩個小子早早就去村口的學堂讀書，以前熱熱鬧鬧的院子裡就剩徐娘一人，瞧著還真是寂寞。

於是徐娘答應陶如意，等田地收成完了就去縣城找她們，跟著陶如意吃香喝辣去。

陶如意當然明白徐娘為什麼如此痛快的答應了她，她不就是為了孩子將來更出息，當有用之人，就算沒有大富大貴，也要多學點知識，可以去參加鄉試、會試，為白家光宗耀祖。

這些事情都進行得很順利，所以現在就開始找店鋪了。

「姊姊，妳怎麼想要開食肆啊？我覺得妳就在玉安院裡跟姊夫好好過日子就挺好的。」柳絮低聲說道。

她跟陶如意坐一邊，田石櫃坐在她們的對面。

「妳這丫頭，我們不做點事，難道就指望他了？到時候要操辦點什麼，難道就跟他要嗎？」陶如意反問道。

柳絮被自家姊姊的話給說懵了。

嫁給姊夫，不就是她的依靠了嗎？

而且姊夫對姊姊很好，她都見過幾次，甜言蜜語的，她這個旁人聽了都美滋滋，很為姊姊高興。

不過，柳絮也知道姊姊是一個有主見的人，能不依靠別人就不依靠別人，所以能從堂堂一個大小姐，落魄到挑著兩桶豆花，大雪天到大街小巷去喊賣，她還是過得好好的，不怨天，不怨地。

一想明白這些，柳絮覺得姊姊說得很有道理。

而坐在對面的田石櫃，沒有刻意去聽陶如意和柳絮說的話，但還是都入了他的耳。

他還真想不到陶如意會是這樣的想法，他沒有抬頭去看，只是靜靜的喝著茶水。

「姊姊，剛才年老闆說還想要跟妳拿貨，這該怎麼辦啊？」柳絮想了想，說道。

今日這一路走來，幾家有往來的店鋪都進去打了聲招呼，年老闆剛好在念家鋪裡，一見到陶如意，就忘了男女授受不親的規矩，拉著她的胳膊說話。

在旁邊的田石櫃一見這情景，直直的盯著人家看，年老闆發現了他的眼神，才知道逾矩了，急忙賠笑化解尷尬。

陶如意倒沒有去注意這個，年老闆還嚷著要陶如意給他做點魚丸，家裡人念念不忘這美味呢。

念家鋪的糕點買賣，陶如意已經有好一段時間沒供應了，陶如意有跟年老闆說了情況，往後有機會，還是會繼續做的。

而安洛明好些日子沒碰面了，聽店裡的掌櫃說，他去外地的染坊視察一番，上次她給的圖案準備要大量生產了，因為很受大眾喜歡，所以不限於梅隴縣這邊，還有其他地方也要販售。

說起來，陶如意在安洛明這裡賺了不少，安洛明這人也挺大方的。

陶如意找店面找了兩個月才終於找到合適的。

不過不是在安隆街這邊，而是離安隆街不遠的另一個鬧區，叫崇遠坊。

她們找的店面離坊門不遠，來來往往的人都得經過這裡，是一套前店後屋的格局。

陶如意是有所打算的，以後徐娘和寧哥兒如果不願意在淩風山莊住，就可以在這裡長住，順便能看著店鋪。

自己和柳絮如果累了，也可以在後屋歇息歇息。

店面挺大，兩層高，後屋就是左右廂房中間一個客堂，格局很不錯。

陶如意一見到就想要盤下來，可是算算價格也不低。

只是在她第二天去跟店主人商討價錢的時候，店主人卻改變主意，說他急著搬去別處，覺得跟陶如意有緣，可以降低價錢，只要一百兩就行了。

陶如意覺得奇怪，才一天時間就少了一半的錢，這店主人也未免太好了吧？

只是她急於盤下自己喜歡的屋子，也就沒多想，立即去辦了轉移手續，寫了契約，陶如意就把銀票給了對方。

柳絮見那個店主人走了，才對著陶如意樂開了嘴。

「姊姊，這是不是真的啊？」

陶如意知道自己撿到了一個大便宜，但又不能太過於得意忘形，要不然人家醒悟過來反悔就麻煩了。

「柳絮，小聲點。」陶如意捂著嘴說道。

在一旁的田石櫃不聞不問，他心裡很清楚這裡頭的來龍去脈，前前後後不就是老大在暗地裡做的好事？

田石櫃每天回山莊後的第一件事，就是跟老大匯報當天的所見所聞，尤其是夫人喜歡的、不喜歡的都要告知他。

這兩個月來，田石櫃不是跟著四處跑看店鋪而累，而是跟老大匯報才覺得累，他什麼都要問，越仔細越好，說句心裡話，老大真的太不像樣了。

這麼在乎為什麼不自己跟著去？偏偏要叫他當中間人。

劉三刀、王二十他們羨慕他能陪夫人去外面吃香喝辣，但他們哪裡知道這其中各種隱情啊？

這麼大的格局，一百兩怎麼夠，說出去沒人會相信的。

老大先讓他偷偷給原店主一百五十兩，還要演一場好戲，不能讓夫人看出來，甚至為了更真實些，三更半夜還讓幾個兄弟過來店裡把幾道牆砸爛，這樣才顯得老舊，降價就有理由了。

老大說他腦筋靈活，竟會想到這麼一步，他都沒想到呢。

陶如意私下跟田石櫃說不要叫她夫人什麼的，聽著很疏遠，還是叫她如意好了。

田石櫃當然不能這麼沒大沒小的，莊主夫人的名分就在那，該怎麼稱呼就怎麼稱呼。

把找店鋪的事情完成，田石櫃想著可以休息一下了。

但是李承元不會給他順心的，接下來就是找人裝修店面和廂房了，還得有一段時間忙呢。

崇遠坊離凌風山莊不遠，且不比安隆街差，這裡的食肆才開一家，而且不大，菜式少，跟陶如意盤下來的店面一個東一個西。

陶如意這裡是在東面，行人要進崇遠坊，就得先經過她這間店。

地利人和，陶如意這間店都占了，以後一定能賺錢的。

柳絮從山莊裡叫了幾個小廝過來打掃，春花也一起跟來。

她覺得很奇怪，前天來看時，四周的牆面都好好的，第二天就變了個樣，柳絮把她的發現告訴陶如意，陶如意也有這樣的疑惑。

這個原店主還真是奇怪的人，一夜之間就把價格砍了一大半，還把牆面砸爛了。

一般人家都會把要變賣的東西弄得新一些，賣個好價錢才是，可他卻相反，太奇怪了。

算了，不去多加探究，反正他們轉讓的手續都是妥當的，就算告到衙門也是有憑有據的。

屋裡留下的一些破舊桌案什麼的，陶如意都讓人搬走了，著實不能留下來繼續用。

「姊姊，這客堂還真是大啊！」柳絮走了兩圈，量了量，說道。

陶如意點點頭，面露微笑道：「是啊，我們好好琢磨該怎麼擺設。對了，徐娘他們還沒到嗎？」

把店面盤下來，她就馬上讓柳絮去告訴徐娘，讓她過來看看，以後這裡可是他們駐紮的地方了。

「我娘應該要到了吧？是田大哥過去白家村接他們的。」

本來早上是自己要去白家村的，田石櫃一聽她說這事，他就說他自己去就行了，騎馬過去快些。

「我想徐娘應該會對這裡很滿意。」陶如意笑笑說。

「姊姊喜歡的，我娘就喜歡。」

「柳絮，我真的太高興了，我們終於擁有了屬於自己的一家店。」雖然這其中大部分是有李承元的幫助，所以以後賺了錢，一定要給他買件貴重的禮品表示謝意。

雖然他們是夫妻，可陶如意卻不想因為這樣，而讓凡事變得理所當然。

「是啊，姊姊，到時候老爺和夫人回來團聚了，那就更加圓滿了。」

柳絮一直知道自家小姐總是在想念著老爺和夫人，這麼多年不見，心裡苦得很。

陶如意不由嘆了口氣。

一說到她的父親和母親，她的心就像被針刺了一樣疼。

柳絮見她這樣，急忙指著一件舊案臺，說道：「姊姊，這個還要留著嗎？」她這張嘴真是的，胡說一些話，以後要多加注意了，自家小姐本來心情好好的，都被她說了不該說的話而影響了。

「這件留著吧，到時候洗淨了可以放在廚房裡用。」陶如意看了看案臺，說道。

柳絮點點頭，叫了兩個小廝把這案臺抬到廚房去。

春花和另一個名叫海棠的丫鬟在打掃兩層店鋪，瞧著這地方，應該是有些日子沒用了吧，角落都積著牆面褪下的粉塵，還得用鐵鏟去除才行。

牆面露出的斑駁處，崎嶇不堪。

春花不明白莊主夫人為什麼要這麼做，好好在山莊裡享福不就好了，況且莊主又對夫人十分疼愛。

雖然春花在凌風山莊做事沒多久，但是因為她是玉安院裡的人，得的銀錢比別的丫鬟多，而且夫人對她們這些下人都很好，做了好吃的還分給她們嚐嚐呢。

那個海棠卻是蹙著眉頭，走到春花面前，瞄了瞄四周，見沒其他人在，就低聲說：「夫人真是的，讓我們到這裡打掃，粉塵這麼多，我都受不了了。」

海棠知道春花是個老實人，不會去主子面前嚼舌根，所以盡情地碎唸著。

況且就算主子聽到了也不會說什麼，因為主子也是個軟柿子，從白家村來的，沒見過世面。

第四十一章

海棠不幹活，站在一邊嘀嘀咕咕著。

春花沒有去搭理她，夫人對她們這麼好，她還要嫌東嫌西，有那個好命就不要被家人賣了當奴婢，春花心裡都清楚得很，只不過她不想去說破而已，說了海棠也不會聽，無奈她跟海棠住一室，時常要聽她說些有的沒的。

海棠覺得自己有點姿色，就瞧不起其他同來山莊幹活的丫鬟們，在她們面前扭扭捏捏的，主事柳絮姊姊都不會這樣，對她們一直是輕聲細語的。

這會兒夫人還在隔壁呢，海棠卻無所謂的說著那些話，讓夫人聽了不難堪嗎？

春花只是瞥了她一眼，沒說什麼。

海棠可能覺得沒意思，就繼續彎著腰掃地去了。

春花覺得夫人叫她和海棠過來這裡做事，以後會讓她們到店裡幫忙，那樣的話她就能多學點東西。

夫人和柳絮姊姊是願意放手給她們做的，只要她們願意學。

上次做糕點，她就是站在一邊盯著看，夫人見到了，叫她上前看仔細，還跟她說了一些做法，做好後給她一塊糕點嚐嚐鮮。春花從來沒有這樣滿足過，有的吃、有的學，哪個高門人家有啊？

這麼好的地方海棠都不知足，春花很不明白。

在背後說夫人的不是，還嫌棄夫人是從白家村來的，可她們不也是從村裡來的？還是給人賣了呢。

春花的爹病得重，她換來的錢都不夠她爹治病，前些天自己躲在假山後偷偷哭泣著，夫人發現了，問她怎麼了，她把家裡的事情告訴了夫人，夫人馬上讓柳絮姊姊拿了一兩銀子給她，讓她快些送去給她爹看病去，還叮囑不能耽擱了。

這件事她沒有告訴海棠，因為告訴了海棠，海棠就會說她做作，討夫人歡心得了錢。

她不想聽到這些話。

這邊，田石櫃把徐娘接了過來。

徐娘把陶如意、柳絮左右看了一遍，笑得合不攏嘴。如意買了這麼大一間店，價錢又便宜，這到哪裡都是買不到的。

「如意，妳有沒有跟承元商量一下啊？」畢竟陶如意要出來做生意就得拋頭露面，李承元會答應嗎？

「徐娘放心，我都跟他說好的，他一直都支持我這麼做的。要不然原先那些買賣都落下了，我們豈不少賺好多銀子？」陶如意笑笑說。

她都覺得自己滿眼都是錢，一分一毫都不能少，以前在陶府都不會有這個心思啊，當時她都不把銀子放在眼裡，跟那些所謂的姊妹出去，都是大方得很。

現在不一樣了，陶如意已經辛苦了三、四年，早就學會自己賺的錢才是自己的，其他都是虛無縹緲的。

李承元跟她說每個月可以有一大筆錢，時間到了就送到她的手裡，陶如意卻不想要，因此沒有答應李承元。

不要說她太造作，顯得自己多麼清高，她就是這樣，是自己的就是自己的，不是自己努力來的，說什麼都不安穩。

柳絮挽著徐娘的胳膊笑道：「只要姊姊說什麼，姊夫都說姊姊是對的、是好的，沒有二話。」

站在一旁被忽略的田石櫃聽了這話，抬頭看了柳絮一眼，得給她豎一個大拇指，說得太對了，老大在莊主夫人面前沒了分寸，變得太快了，前一刻很有準則的說不行，一旦夫人說了意見，老大就會轉了方向，跟著夫人一條心走了。

田石櫃見過幾次，連劉三刀、張一水也見識過，幾人私下都無奈的討論著，是不是男人成了親就會這樣啊？

因為他們幾個都沒有成親，當然無法體會了。

不過這樣，凌風山莊才像個樣，有了暖意。

以前可是冷冰冰的，可能夫人都不知道，在凌然院的暗室裡還關著好幾個匈奴國的細作呢，如果當場看了一定會噁心想吐的，這都是老大的傑作，他下起手來可是凶殘得很。

所以凌然院建在比較偏僻的地方，離老大和夫人住的玉安院有一段距離。

陶如意輕輕的打了柳絮一下。「柳絮，別亂說，讓妳姊夫聽了，看他怎麼收拾妳。」

柳絮微笑道：「姊夫一定不會的。」

徐娘聽著她們妳一言、我一語的說著，可以明白李承元是疼陶如意的，她很是高興。

陶如意對徐娘說：「徐娘，我想到時候妳跟寧哥兒他們在這裡住下，也能幫著看店。」

「可是那些田地怎麼辦？」

徐娘明白陶如意的意思，如果在這裡當然比在山莊更適合，山莊是李承元的府邸，她過去住有點沒名沒分的，雖然李承元和陶如意都沒說什麼，但就是聽著不合適。

「那些田地我會讓人去幫忙看的，實在不行就讓給劉嫂，她不是很想要種我們的地嗎？我們還能收點錢。」

徐娘聽了，想想是有點道理。

劉金花一聽她們打算去縣城住，上了幾次門，說徐娘的地可以給她種，因為瞧著那些香瓜的長勢不錯，劉金花想要繼續種，畢竟這香瓜比較受歡迎，賣得好。

「可是，承元不是在山莊的後山給妳闢了一塊地，這該如何打算啊？」徐娘想到這個，問道。

「徐娘放心，我會安排好的，山莊裡有好幾百人，怎麼也能叫幾個人幫忙的。」

她們就是想得仔細了，才這麼瞻前顧後的，做什麼事情都受束縛了。

柳絮道：「我都說了姊夫什麼都聽姊姊的，娘，我說的您還不信嗎？」

徐娘瞪了她一眼，說道：「妳啊，我哪裡不信了呢？妳也太沒大沒小，妳姊夫是做大事的人，是有頭有臉的人，就算如妳說的，在外頭也不可說這話。如意打妳是對的，如意，妳得好好說她幾句。」

陶如意知道徐娘的意思，「姊夫什麼都聽姊姊的」這句話還真是不能讓外人聽見，要不然李承元都沒面子了。

「好了，好了，娘，我不敢再說了。」柳絮想得明白，自己是有點過分了，怎麼能這麼語無倫次呢。

還好，沒有旁人在這，也就她們三人還有田大哥在。

她們哪裡知道，柳絮說的這話早就入了海棠的耳裡了，她本來要過來跟陶如意說兩層店鋪已經打掃好的事，無意中聽到了柳絮她們說的話，很是吃驚。

莊主竟然這麼疼愛莊主夫人？

那位鄉下女……

這真的太不公平了！

大家對盤下來的店面和屋舍都很滿意，但是因為牆面被撬得坑坑窪窪的，且擺設什麼的都不合意，陶如意覺得要花點錢修葺一番，內部構造都要重新琢磨一下。

泥匠是徐娘找來的，是以前跟白平貴一起幹活的兄弟們；木匠是田石櫃去找來的，都是知根知底的。

整個都粉刷一遍，把一些不要的牆給打通，這樣看起來就空曠些。

牆上粉刷後，又叫畫匠在上面畫了一些逼真的蔬菜，讓忘憂矣館的招牌與眾不同，瞧著很有吸引力。

地上鋪了青磚，案臺和食案都換成了新的，這店面大，樓上都做成了雅間，大小一樣的四間，分別給它們命名為聽濤閣、望海閣、水榭閣、聚賢閣。

店鋪打理好，還要招人，不然就她們幾個，怎麼可能做得來啊？

店裡得找個得心應手的廚師，這個才是最重要的，廚師的菜好不好吃，關係到店面經營上不上道。

陶如意想了很久，卻還沒物色到適合的人，她都頭大了。

這段時間陶如意總在忙著店鋪的事情，李承元覺得跟她在一起的時間都少了很多，心裡不是滋味。

本來得了個空過來崇遠坊，李承元興致勃勃的走進了忘憂矣館，見到陶如意在忙東忙西的，見他來了，笑開了顏。

「郎君，你來了啊，你自己找個地方坐坐，我忙完了再找你。」

李承元本來看著嬌妻對自己笑得燦爛，很是入心，但是一聽後面那些話，臉色一沈，輕哼一聲，拂袖走開了。

這男人說變就變，跟這天一樣陰晴不定。

陶如意沒去想他是不是發脾氣，只顧著手頭上的事情，畢竟都這麼熟悉了還要扭捏，豈不是太做作了？

柳絮見狀，往陶如意身邊走去，附耳說道：「姊姊，我來做吧，姊夫都來了，妳去陪陪他。」

「他那麼大的人了，還要我陪著啊？」陶如意低著頭記著數，說道。

「姊姊，話不能這麼說，反正這個不著急就歇一歇，妳都沒看到姊夫黑著臉進屋去了。」柳絮拉了拉陶如意說道。

「承元不是小氣的人。柳絮，快做事，再過些日子就要開張了，我怕來不及。」還有好多事情沒做好呢，要不是李承元讓田石櫃過來幫忙，她自己真的忙不過來，很多要買的器具，還要找夥計，這一點對陶如意來講是多麼費勁的活兒，她就指望田石櫃了。

但是，陶如意主意多，店面還沒開張，自己就先設計一些傳單，讓幾個小廝先去大街小巷上發，倒也有作用，有一些食客沒看清楚日子就來店裡看看，陶如意和柳絮滿臉笑容迎接客人，跟他們說過幾天才會開張。

有一、兩個食客認得陶如意，以前在安隆街跟她買過豆花，對陶如意比了比大拇指，說她真厲害會做生意，想不到才這麼一年半載就能盤下這麼大的店鋪，換誰都沒這個能耐啊。

陶如意只能笑笑，這其中還不是多虧了家裡那位夫君，如今這會兒對著她沒好脾氣呢。

算了，忙完了給他美言幾句吧，要不就做點他喜歡吃的飯菜犒賞一下。

而這一邊，李承元看著陶如意不理他只顧著做事，沒好臉色的往後舍的客堂走去。後舍倒是打掃得乾淨，入門有一道屏風，客堂擺了一套中規中矩的家具，牆正中掛著一幅字畫，左右的廂房也擺放了必備的床和櫃子等等。

李承元四周看了看，田石櫃剛解手完出來，甩著濕答答的手，一見李承元來了，急忙笑著迎了過去。

「老大，您來了啊？」

李承元聽著這話，心裡就不舒服，好像他來這裡不應該似的，剛才陶如意也是這樣打招呼的。

他想著陶如意興高采烈地打理這店，他不想壞了她的好心情，就沒再多說。

「石櫃，這都要差不多了吧？」李承元冷冷說。

田石櫃走上前說道：「老大，都做得差不多，就是差了一個大廚。」田石櫃也不知道找哪個好，這個人是最關鍵的，他拿不定主意。

「去把孫貴叫來即可。」李承元輕描淡寫的說著。

田石櫃原先有想到孫貴，可他是山莊裡主要的廚師，怎麼可以說叫來就叫來，不過老大開口就不一樣了。

「老大，把他叫來了，山莊那邊該如何辦啊？」

孫貴跟了老大多年，已知道老大的口味，他做的飯菜，老大是會多吃一碗的，就算老大對吃的沒多大要求。

「讓孫貴再找一個接手的，做了這麼多年大廚，總會有幾個徒弟吧？」李承元說道：「一個孫貴是不夠的，讓他帶兩個徒弟過來。石櫃，你是怎麼辦事的啊？連這點小事都沒辦好，平常看你腦筋靈活的，到了關鍵時刻卻一點用處都沒有。」

雖然言語有點傷人，但李承元得找個人發洩一下。

田石櫃雖然不知道老大是遇到什麼不愉快的事，但這樣的說話方式和神情，他明白自己得受著。

若再多回一句，那就是自己給自己討打了。

「石櫃，如意她就那麼忙嗎？」李承元低聲問道。

「如意——」

田石櫃才開口說了名字，李承元就瞪了過來，田石櫃意識到自己沒規矩了，急忙改口道：「夫人這段時間都很忙，本來我跟柳絮都讓她不用做，可她就是要親力親為。老大剛才進來的時候有沒有看到牆上畫的圖案？那可是夫人自己想出的主意，一大片是她上去畫……」

田石櫃滔滔不絕的說著這段時間發生的事情，李承元就靜靜的聽著，他都進來這會兒了，陶如意都不過來關心他一下，早知道就不來了。

既然她喜歡折騰，李承元就給她折騰，他剛才一進門的時候，的確被這裡的格局驚豔了一番，看著就有一股與眾不同的氣息，而且處在崇遠坊的好地段，以後是大有所為的。

李承元心裡百轉千迴，自個兒嘆了口氣，安慰自己。

算了，不去計較了，她本就是這樣的人，想要做什麼事情都要好好去做，不會因為他在而有什麼改變的。

以後再找個機會好好跟她說說，怎麼也要騰出點時間來搭理他。

當然這些心裡話不能在這些手下面前說出來，讓他們知道就是一個大笑話了。

「以後少讓她爬那麼高，聽到了沒有？」李承元低聲囑咐道。

田石櫃點點頭，回道：「是。」

「我讓你跟著如意，不是讓你在這閒坐不做事。」李承元斜了田石櫃一眼，說道。

第四十二章

「這……老大，我沒有坐著不幹活啊！」田石櫃忍不住為自己辯駁。

李承元哼了一聲。「沒有？那為什麼如意那麼辛苦，你卻躲在別處偷懶？」

這也太冤枉了吧！

田石櫃有苦說不出。

剛才一見到老大就覺得不對勁了，黑著臉，皺著眉頭，周身有一股不可靠近的氣息。

到底是誰得罪老大，老大就把那股氣出在他身上了？

這些天都跟著夫人為了即將要開的店忙東忙西，跑街市、找夥計，他會幹的都幹，絕無二話，老大都讓他跟著夫人了，當然要把這差事完成啊！

辛苦的時候老大沒看到，去茅房解個手就讓老大說成偷懶，他好冤啊！

李承元盯著田石櫃看，好像很憋屈的樣子。

「怎麼？我說錯了？」

「老大說是就是了。」田石櫃賭氣回道。

李承元聽了，挑了挑眉，這話的意思就是冤枉他了。「田石櫃，看來你不在我身邊一段時間，就變得膽兒肥了。」

田石櫃回道：「老大，我都說了你說的都是對的，你吩咐我做的事，我哪敢不做啊？」

跟著老大這麼多年，他是什麼樣的人，老大那麼聰明怎麼會不知道呢？無奈老大心情不好，只能拿他出出氣。

這時，海棠端了茶過來，見莊主和田管事在說話，她進也不是，出也不是，站在一邊不敢動。

這可是她第二次見到莊主，她羨慕春花能在玉安院做事，她則被分在扶雲院，這次能到這裡做活，還是柳絮姊看到她，一起叫過來的。

海棠以為過來這裡就可以再遇到莊主了，因為那位夫人在這裡，柳絮姊上次說過「姊夫都聽姊姊的」，所以莊主應該是對夫人很好的，哪知道好多天都不見莊主過來，今天終於來了。

剛才柳絮姊讓春花端茶過來給莊主喝，她就說春花忙，自己端過來就行了。

可是，莊主臉色不太好，一副誰上前誰倒楣的樣子。

海棠見狀，都不敢過去了。

田石櫃站著，李承元坐著，都不說話了。

那位夫人也真是的，竟然不過來看看莊主。

海棠深呼吸，壯著膽子往前走，輕輕說道：「莊主，夫人讓我給您端茶來。」

「放下吧。」李承元連看都沒看海棠一眼。

「莊主，趁熱喝。」海棠把茶遞了過去，說道。

田石櫃一眼就知道海棠是什麼心思了，厲聲說道：「老大讓妳放下就放下，妳可以下去了。」

海棠見田管事趕自己走，只能低著頭福了福身退了回去。

碰了個釘子，海棠心裡不是很痛快，本來有機會能在莊主面前露個臉，哪知道那個田管事卻多管閒事，把一個好好的機會給搞沒了。

這田管事對那位夫人總是哈腰聽著吩咐，真是狗眼看人低，等到她有一日上進了，一定要把田管事給踩一把。

春花走過來，見到海棠站在角落處，雙眼直往客堂那邊盯著，以為是發生了什麼，走上前拍了拍她的肩膀，問道：「海棠，妳在這裡幹麼？」

被春花這麼猝不及防的一拍，心裡莫名驚慌，卻又不能吼叫，只能道：「春花，妳要嚇死我啊。」

「柳絮姊姊在叫妳，妳沒聽到嗎？」丫鬟躲在一邊偷聽主人們說話，被發現了可不得了，春花是在提醒人家，可是人家還盯著不放。

「柳絮姊剛才已經叫我端茶過去給莊主喝，這不才退下啊。」海棠手裡還拿著一個托盤。

「那柳絮姊姊叫妳應該是為了這事，我們快過去，夫人還在店裡忙著呢。」

「夫人也真是的，莊主都過來了，也不去陪陪他。」海棠低聲說道。

「海棠，妳說話小心點，莊主和夫人的事情我們不可背後議論，要是讓柳絮姊姊或田管事聽到了就麻煩大了。」春花拉著海棠往回走，小聲說。

「知道了，知道了。」海棠很不耐煩。

在店裡整理的陶如意，都差點忘了李承元剛才過來看她了。

柳絮在一旁急得很。「姊姊，妳就不能歇一歇嗎?姊夫在等著呢。」

「他來了嗎？」

陶如意算完了一筆帳，抬頭看了看柳絮，問道。

柳絮都想對她翻白眼了。「姊姊，妳都忙成這個樣子，不行，我要告訴姊夫去。」

「他來了我怎麼不知道？」陶如意放下筆笑笑說。

「姊姊，妳剛才都跟姊夫打了招呼呢，還讓他先進去。」

陶如意慢慢的回過神來，記起了這麼一回事，不好意思的拍了自己腦門。「我這是怎麼了？竟然把他給忘了。」

「姊姊快去客堂瞧瞧吧，剛才姊夫可是臉色不太好。」柳絮附耳說道。

「哦。」陶如意不以為然。

柳絮知道自家姊姊為了這間店要開張，每天早早出門，很晚才回山莊，畢竟有田大哥在一旁護著，配備著一輛馬車，所以就不用太擔心半路遇到什麼。

甚至，姊姊跟姊夫已經好久沒能好好坐下來一起吃頓飯了，姊夫不生氣才怪，無奈姊姊無動於衷，一門心思撲在這間店裡。

陶如意把這段時間以來所有的開銷記錄在冊，該花就得花，該省就得省。

店鋪就要開張了，吉時是挑在九月九日重陽節。

掐指一算，也就剩下五天的時間。

萬事俱備，只欠東風，把好的廚師請來就好了，這就要靠田大哥。

前前後後的一切，陶如意沒有跟李承元說過，他自己也是一個大忙人，她不想去麻煩他。

蘇清來店裡找過她聊了幾句，李承元準備讓他去上桐城看看，雖然沒有說破，但是陶如意心裡清楚，應該是朝廷發生了什麼大事，才有了這樣的打算。

畢竟，李承元的爹安順王在那邊。

陶如意知道這事，也沒有去問李承元，她一直就是該問就問、不該問就不問的脾性，大家能平平安安過日子就好。

不過，李承元曾跟她說過，她的父親和母親快要來梅隴縣找她了，她父親的大將軍頭銜暫時無法恢復，不過當今聖上已清楚他們陶家是冤枉的。

可是范輔相給予莫須有的罪名何時能現於世，還得需要一點時間。

李承元左等右等，還是不見陶如意過來搭理他，心裡更加煩躁。

難道這間店比他還重要？

而在一旁跟著的田石櫃也不好受，剛剛被老大平白無故的教訓了幾句，還有那個海棠，看著就不簡單，在老大面前晃來晃去，要不是自己大發慈悲叫她下去，到時她就要死得不明不白了，也不想想看老大是誰，一個心情不好就要狠狠折磨人的。

而最後自己也會受到牽連，畢竟海棠是他從牙子手裡買回來的。

海棠端來的茶，老大一點都沒動。

老大那麼聰明的人，怎麼可能看不出那點小心思？

「承元，我來遲了。」

這時陶如意笑著走了進來。

李承元一聽是她，起身迎了過去。

田石櫃急忙離開，去前面的店鋪看看。

「如意，妳終於忙完了？」李承元沒好臉色說道。

「忙完了。你餓不餓？要不我去給你做點吃的？」陶如意說著就要往右邊的一間廚房走去。

李承元不讓她走，拉著她的袖子，說道：「不急，妳坐下歇一歇，從早到晚忙不停，比我還多事。」

陶如意笑著說：「我真不累。」

李承元雖然很喜歡吃陶如意親手做的飯菜，可這會兒卻不想累著她，這裡丫鬟、小廝有好幾個，怎麼也不能她去做。

若傳出去，他堂堂一個莊主，卻要自己的妻子給他做膳食，那豈不是成了笑話。

看了看天色，也是不早了。

「如意，要不我們回山莊吧？」李承元問道。

陶如意想了想道：「也好，你再等我一會兒，我去跟柳絮說說，讓她把手頭上的活兒做好。」

再過五天就要開張，還是謹慎些。

陶如意看到几案上的茶水都沒喝，又道：「承元，你喝口茶，這茶葉可是白家村族長給的，他自家種的。」

李承元只是「嗯」了一聲沒動手，陶如意也就沒再多說，或許是嫌棄茶葉不夠高檔他才不想喝，可是她喝起來挺香的，她都準備跟白族長進貨，用在忘憂矣館。

陶如意的忘憂矣館開張前的第二天，海棠不見了。

雖然她只是一個丫鬟，沒有了再找一個就行，也沒多少人去注意這事。

只是春花在柳絮面前說了一下，柳絮覺得奇怪，就去告訴了陶如意。

一個大活人說不見就不見，也太說不過去了吧？

「田大哥沒說什麼嗎？」陶如意問。

「我沒有去問田大哥，莫非她家人來贖回去了？」柳絮覺得又不可能，才來山莊做不到一、兩個月，家裡人哪有錢來贖她啊！

「妳找個機會問一下田大哥，她做的活兒先讓春花接手。」陶如意交代著。

柳絮點點頭。「姊姊，我知道了。」

徐娘和寧哥兒直接搬過來這邊住了，王小胖一直鬧著要跟白秋寧一起，王良平想著不能再麻煩徐娘照顧了，就讓兒子回家去。

王小胖哭著鬧著，徐娘實在看不下去，就讓王小胖繼續跟著他們一塊兒在忘憂矣館住下，這樣他們兩小子彼此作伴也好。

前店後舍這格局，實在讓人滿意。

蘇清等陶如意的店開張後，就跟王良平去上桐城辦事。

明日就要開張了，陶如意沒有回凌風山莊，李承元自個兒回去，他想著不去打擾她和徐娘、蘇清幾人的相聚。

自從陶如意嫁給了李承元，他們還真的沒好好聚在一起吃吃喝喝、說說話了。

李承元當然明白他們的感情很好，就如一家人一般。

在客堂擺了一大桌，大家圍著吃了起來，陶如意讓柳絮開了果酒，給大家都倒上。

明天店要開張，可不能喝醉了。

這一桌飯菜是陶如意跟柳絮一塊兒做的，寧哥兒和胖哥兒吃到了熟悉的味道，十分滿足。

「兩位姊姊，我們都好久沒吃到姊姊做的菜了。」寧哥兒邊笑嘻嘻說著，邊挾了一個炸魚丸往嘴裡塞。

「說完話才吃，要不然噎著就不好了。」陶如意笑著說。

寧哥兒頻頻點頭稱是。

徐娘笑開了。

這樣的情景多好啊！

可是，蘇清明天就要出遠門了，她早早就去靈隱寺給他求了個平安符，讓他隨身攜帶著。

雖然沒有說要去辦什麼事情，但是徐娘心裡清楚，凌風山莊李莊主給的差事一定是至關重要的。

蘇清本就是個聰慧的孩子，一身正派又孝順長輩，以後定會前途無量。

陶如意跟李承元成親，這是多好的姻緣，徐娘心裡清楚得很，李承元雖然表面瞧著冷冷的，卻對陶如意十分上心。

徐娘想著想著就擔憂起柳絮的親事了，自從陶如意嫁了過去，周圍那些人都知道他們攀上了凌風山莊，就想上門來給柳絮說親，徐娘不說好，也不說不好，這個怎麼也要有緣分才行。

而自己的女兒怎麼樣，徐娘是清楚的，從來是有主見的人，每次她一開口，柳絮就說不要太操這個心，她要跟在如意姊姊身邊伺候著呢。

多虧了李承元的幫忙，給寧哥兒和胖哥兒兩小子找了一間好書塾，這書塾可是教出好幾個秀才、舉人的，加上離崇遠坊不遠，來回十分方便。

「娘、娘，姊姊叫妳呢。」柳絮拉了徐娘一把，說道。

面前的喜悅讓徐娘勾起了一些回憶，被柳絮這麼一喊，她回過神來。

「怎麼了？」

「徐娘，妳沒事吧？」陶如意問道。

「我沒事，只是太高興了。」徐娘笑笑看著陶如意道：「以後我們可是住在縣城裡了，還是這麼大的屋子，以前可是想都不敢想的。」

蘇清笑著說：「乾娘，以後我們都孝順妳，還有更好的日子過呢。」

「我清楚，你們都對我好得很。」徐娘笑盈盈說道。

「姊姊、大哥，你們都不知道，那個白大地的祖母看著我們搬東西，眼紅著直盯著看呢。」白秋寧想起了什麼，說道。

「對、對，我也看到了。」王小胖跟著說。

「不說她了，自從上次鬧了一回後，她現在都不敢胡說八道。」徐娘看著眼前的碗被挾滿了菜。「你們也快吃，我這樣怎麼吃得完啊！」

「我們慢慢吃，說說瑣事，反正明日開張的吉時是在晌午後呢。」陶如意瞇了瞇眼，說道。

第四十三章

幾人這樣並肩坐著，隔著桌子說話、吃飯。

陶如意十分愜意，好久沒有這麼輕鬆地跟大家一起吃喝聊天了。的確，她嫁給了李承元，好多事都好辦多了，連她親近的人也沾了光。但是，陶如意還是明白不管如何都要有個底線，他有他的能耐，而自己有自己的執著。

「大哥，你此次遠行都準備好了嗎？」陶如意輕聲問道。

坐在對面的蘇清回道：「都準備好了，說起來也沒什麼好準備的，輕裝上陣才沒有牽絆。乾娘給我做了新衣裳，太珍貴了我就不帶了，等要辦什麼喜事才穿上。」

徐娘自己親手做的衣裳，蘇清很喜歡，這麼多年都沒人給他做衣裳了，畢竟他的爹娘走了，只剩下他一人，要不是遇到陶如意和徐娘，他還得繼續形單影隻。

「哎呀，我卻什麼都沒給大哥，蘇大哥，等你回來我再給你準備點什麼。」陶如意說道。

「如意，妳家夫君都讓人準備得妥妥當當了，何況我是去辦事的，不是去趕考。」

蘇清喝了口果酒，說道。

「他什麼都安排好了？」陶如意問道。

「妹夫做什麼事都是有始有終的。」

跟了李承元一段時間，蘇清覺得此人冷若冰霜，但山莊的兄弟個個死心塌地聽他的，絕無二話。

對著如意妹妹卻是另一副面孔，如暖風拂過一般。

蘇清不得不佩服人家，兩副面孔變化自如，他的如意妹妹應該是不知道李承元的另一個冰冷面貌吧？

他對妹妹好，蘇清當然是巴不得一直這樣對陶如意好下去。

上桐城離大興不遠，蘇清想著如果有機會，要不去探望一下陶大將軍，把一些消息告知他呢？

他把想法說給陶如意聽，陶如意對著他搖搖頭。「大哥，還是不要了，我聽承元說我爹娘應該過段時間就出來了，你去了反而多了些麻煩，小落子你又不認識，要不然倒可以見一面。」

柳絮在一旁說道：「小落子說要來白家村找我們，到現在卻一點消息都沒有，姊姊，是不是讓大哥去找找看？」

「小落子是要等著我爹娘一起來找我們的，應該不會出什麼事情。」李承元有把那邊發生的一切告訴她，她心裡明白。「大哥，你到了那邊，凡事都要小心些。」

蘇清神色沈著。「如意，妳大可放心，我知道怎麼做。」

白秋寧和王小胖兩小子就只顧著吃飯。

徐娘挾了一塊紅燒肉放到蘇清碗裡，說道：「出門在外，就要多個心思，還有，就是吃飽肚子……」

其他幾人靜靜聽著徐娘說。

人間煙火氣也就是如此吧！

「如意，怎麼只看到春花，那個海棠一整天都不見人影，是不是在山莊沒過來幫忙啊？」徐娘回頭問了一句。

平常她們幾個都在這邊幹活，徐娘都認得，少了一人還真容易看出來。

「娘，我們都不知道她去哪了，也沒在山莊，應該是家人把她贖回去了吧。」柳絮說道。

「不過，多一個她和少一個她好像也沒什麼，春花這丫頭都能把海棠的活兒做完呢。」

柳絮早就看出來了，那個海棠光說不做，時不時偷懶，一有重活就推給春花去做，她都發現了好幾次，想著大家都是苦命人，就不當面說海棠，私下跟她說了一下，哪料到她更加肆無忌憚，還不把姊姊的話當回事，表面應著，背後卻說著主子的閒話，這樣的嘴臉是做丫鬟的忌諱，柳絮實在不能忍受。

徐娘道：「春花這丫頭幹活麻利，力氣也大，瞧著是實在的人。」

兩桶水輕而易舉就挑著走，來來回回幾趟都臉不紅氣不喘的。

「徐娘說得是，我打算把春花叫到這邊來幫忙照看鋪子，以後就跟著妳。」

「如意，那妳呢？妳身邊也要一個知根知底的人才好啊。」

「娘，我不就一直在姊姊身邊照顧著嗎？」

「是啊，徐娘，我有柳絮一人就能抵好幾個了。」陶如意抿著嘴笑笑說。

柳絮一聽陶如意這麼說她，不由得對著娘親抬了抬下巴，道：「我跟姊姊是形影不離的。」

徐娘見自己女兒沒大沒小的，說了她。「柳絮妳怎麼這般說話，如意跟妳能一樣嗎？」

她的話還沒說完，就給陶如意攔住了。「徐娘，我不是早就說過了，我們是一家人不分彼此，以後可不要說這些話了。」

徐娘才知自己說的話有些重了，可是陶如意畢竟是柳絮以前的小姐，如今嫁給了李承元，心裡還是覺得有些不一樣的。雖然陶如意一直感恩她們幫了她，可是主子就是主子，丫鬟就是丫鬟。

說起來她們兩人還是以姊妹相稱，陶如意對她們很溫和，從沒有小姐脾氣，活兒也搶著做，拋頭露面去做小買賣她都不在乎。

「是徐娘說錯了，可是，柳絮，往後在別人面前怎麼也不能失了禮，如意可是凌風山莊的莊主夫人啊。」

柳絮笑著說：「知道了，娘，我有分寸的。」

剛剛柳絮跟徐娘說起了兩個丫鬟的事情，蘇清聽著聽著，就想起前晚他聽到李承元交代劉三刀去辦的事情，好像有說到「海棠、丟棄」幾個字。

見他們的臉色，辦的應該不是很好的事情。

他不知道前因後果，就沒有跟陶如意說此事，畢竟李承元做事不會亂來，如何都有他的道理。

李承元曾帶他去淩然院的一個暗屋看看，當時他一走下去，就有一股血腥味撲了過來，令他感到噁心想吐，李承元卻心平氣和的，一點感覺都沒有，的確見慣了這些就是不一樣。

當時，蘇清不明白李承元讓他去看這些是為了什麼。

李承元面容冷峻對他說：「要辦大事的人就要面對種種腥風血雨，蘇清，你必須學會這一點。」

想想自己就只是一個弱秀才，李承元怎麼就篤定他就是要參與辦大事的人呢？

「如意相信你，我就相信你。」李承元說了答案。

蘇清還真是「受寵若驚」，他明白了，李承元是因為陶如意才順便帶著他一起為大津出點力。

蘇清記得跟陶如意說過心中的遠大理想。

這次跟王良平去上桐城，是為了查清奸臣范國全跟迎松客棧細作的關係。這麼重要的事情，李承元交代他去辦，可見真的是相信他了。

就算他落魄餓著肚子的時候，他依然關注著國事，一有什麼風吹草動都要探個究竟，可惜這麼久才知道凌風山莊竟是龐大的組織，且是朝廷忠臣這邊最大的力量。

「如意，明日忘憂矣館開張，可有哪些貴客要來？」蘇清問陶如意。

「開張就我們幾人即可，搞那些虛的沒用。不過，食客多多益善。」陶如意笑嘻嘻說道。

李承元本來跟她說多請幾個有頭有臉的人來，這樣可以給她的食肆長長臉，且無形之中告訴一些地痞流氓這裡是不可欺負的。不過，陶如意不同意，李承元就是她最大的靠山，還需要其他人來長臉嗎？

李承元聽了陶如意這話，心裡可是美滋滋的。

「姊姊，姊夫明日應該會來吧？」柳絮問。

柳絮這麼一問，幾人都往陶如意這邊望過來，等著她的回答。

李承元來是好，可是那副臉孔讓人望而生畏，王小胖和白秋寧兩小子就有點怕他，雖然沒見過幾次面，但看到他就覺得四周冷冷的，喘不過氣來。

陶如意笑笑說道：「他啊，應該會來吧。」

她對著兩小子眨眨眼，微笑著說：「你們不用擔心，他可不敢對你們凶的。」

陶如意一說完這話，大家都笑了，連白秋寧和王小胖兩小子也相視而笑。那個人可是陶姊姊的夫君，陶姊姊疼愛他們，那個人應該也會疼愛他們吧？

而在凌風山莊玉安院的李承元，一人孤零零站在窗臺前抬頭看著圓月零星，他的娘子都多久沒跟他一起「和如琴瑟」了。

陶如意這一晚沒有回凌風山莊，忘憂矣館後面的屋舍有的是地方住，徐娘、柳絮等幾人全部留下來住，安排完後還有剩下的。

蘇清也沒有回去，他們現在就像在白家村柳絮家一樣的氣氛。

收拾完，幾人準備坐下來泡茶喝時，田石櫃就來了，把孫貴和四個幫手一起帶了過來，還搬來了一車食材，應有盡有。

其實仔細算算，好多支出都是李承元讓人去打理的。

陶如意沒再多說什麼，反正相信田石櫃做的，瞧著就是井井有條。

她早就寫好食肆要賣的菜式，好幾道菜是在《蘇家食譜》裡學來的，價格不貴且口味獨特，應該能引來更多食客吧？

陶如意早做好了心理準備，剛開始沒有想賺錢，只要能不虧本就該偷笑了。

前日跟孫貴說了一下，他一下子就上手了。

李承元讓孫貴過來忘憂矣館做廚師，簡直是最大的助力。

她本想自己在後廚做菜，有個幫手就行，但想長遠點，如果生意好，她一人是忙不過來的。

不管怎麼樣，大家都希望能把這食肆做大，最好以後能開分店。

柳絮就是這麼想的，徐娘也是這麼想的，自己有手藝不怕會做不好。

陶如意想把柳絮家的豆花放在店裡賣，所得都給徐娘。

但是她沒有跟徐娘說她的想法，只是說了菜單裡有豆花，這個就讓徐娘負責。

明日要早起準備，徐娘先去休息了，蘇清回房去看書，就算要出遠門辦事，明年依然要去考試。

陶如意要做魚丸和糕點，這些材料都是在白家村那邊拿過來的，晚上吃的菜裡就有茄汁魚丸，寧哥兒和胖哥兒最喜歡吃了，直說「我們又能吃到陶姊姊做的魚丸了」，好像很久沒吃到似的。

從雙頭江流入的那一條溪裡的魚蝦特別鮮美，蘇清經常帶著兩個小子去抓，每次都滿載而歸。

這次要用的魚蝦，也是他們昨日去白家村捕撈過來的。

以後忘憂矣館的採購就讓田石櫃去做，陶如意是這樣安排的。

田石櫃原本想拒絕，他只不過是老大叫來幫忙一陣的，等忙完了就要回到老大身邊做事，但是莊主夫人卻一定要他去採購東西，畢竟他比較熟悉這一片地區的行情，如果老大知道是莊主夫人要留他下來的，他當然是讓自己聽她吩咐的。

已經好幾次都這樣了，原先說好的，等到聽了莊主夫人的話後就全都改變了，大家早就猜透、看透了。

開張的時間在未時一刻，陶如意很在乎，終於能開店賺錢了，親近的人也能有活幹，這是多麼兩全其美的事情啊！

開店這件喜事，李承元當然要給自己的娘子送份賀禮，他早早就騎著馬過來了。

陶如意晚睡，早上起得晚，一開門就見到李承元站在眼前，她嚇了一跳，拍了拍自己的胸口，說道：「承元，你這麼早就過來了？怎麼不叫醒我？」

李承元扶了她一把，笑著說：「柳絮跟我說妳昨晚忙到大半夜才休息，我就想著不打擾妳，讓妳多睡一會兒。」

看著她睡眼矇矓，緋紅的臉蛋，心底竟撲通撲通亂跳。

這太不像自己了，這麼不冷靜。李承元自嘲。

昨晚一人睡在大床上，翻來覆去都睡不著，腦海裡只有陶如意一人，大床有她那茉莉花香的味道，這更加讓他亂了心扉。

「承元，你去坐會兒，我洗漱好就去給你做早膳，先讓你嚐嚐我的新菜式。」陶如意見他直盯著自己看，臉更加紅了。

先打發他離開才行。

「妳累就不用做了，下次再吃妳做的。」李承元輕咳一聲，說道。

「我一點都不累，今天還有很多事情要做呢。」陶如意輕輕推了他一把，自己就先走開了。

李承元知道她羞澀，輕聲道：「好，我去前店看看，等會兒讓石櫃叫我就好。」

陶如意連忙去了後院。

柳絮和徐娘已經早早起來做豆花了。

春花早就燒好了水，陶如意自個兒舀了水在洗臉盆，洗淨後梳頭打扮一番就去了廚房，準備給李承元做碗魚丸湯麵加點蔥花，清甜可口，李承元應該喜歡吃吧？

「姊姊，妳在做什麼好吃的？是給姊夫的吧？」柳絮一進廚房就看到陶如意在忙，明白是怎麼一回事，笑嘻嘻的說道。

陶如意「嗯」了一聲，轉身過來對柳絮說：「柳絮，徐娘她會不會太累了啊？要不讓她去歇會兒？」

「我娘都做好兩桶豆花了，應該夠今日賣了，我讓她去屋裡躺會兒。」柳絮說道。

「晌午後還要忙，大家都要養足精神才是。」

「哎呀，姊姊做什麼好吃的，這麼香啊！」柳絮走上前瞄了瞄，摸了摸自己的肚子。「姊姊，也給我做一碗唄？」

「大家都有得吃。」陶如意笑道。

但是，陶如意偷偷給自己夫君的那一大碗多加了兩個雞蛋，放在最下面，不仔細看是看不出來的。

第四十四章

忘憂矣館紅紅火火的開張了，來的貴客都是陶如意這邊請來的，有年老闆、安洛明，還有米店的張和興也來了。

蘇清好久沒見到張和興，一見面莫名的激動，當時要不是張掌櫃的好心幫助，他的娘親都無法入土為安。

雖然蘇清已將錢還清，但是那份恩情，卻是一輩子都無法忘懷的。

看著陶如意笑靨如花，蘇清心中不由感嘆，才這麼大半年就發生了許多意想不到的事，他本來連一碗豆花都買不起，後來能開學堂，還積攢了點銀子，這可是他這幾年來想都不敢想的。

他慶幸遇到了一些善心人，而陶如意這個結拜妹妹，第一次見面的時候在冰冷的大雪天裡叫賣著豆花，唱著曲兒都把喉嚨唱啞了。他們兩人有緣，成了兄妹，如今她有了好日子，自個兒開了店，這是多麼喜悅的好事。

陶如意進進出出的忙碌著，她想不到店面一開張，就來了這麼多食客，其中有一些是她熟悉的，曾經在她擺的攤位買過糕餅和豆花的。

年老闆還在店裡打包了兩大袋魚丸和蝦丸，說家裡人很喜歡這一味。

李承元一直沒到店鋪看一眼，只在後舍走來走去，看著院子小水池裡養著的小魚兒游來游去。

陶如意沒空閒來搭理他，倒是田石櫃端了幾道新出爐的菜過來擺上，說是莊主夫人讓他端過來的。

聽了這話，李承元才有了點笑意。她還是在乎著自己，百忙之中記得他這位夫君在後院等著呢。

田石櫃笑呵呵說：「老大，您都不知道，店裡的生意好得很，孫貴幾人都做不來，連夫人都親自下廚了。」

其實李承元是想去看看的，陶如意不讓，別到時引來許多有心之人，她可不想去應付這些，所以就連他們大婚之日都簡單操辦。

李承元吃了幾口，說道：「那就好。」

「老大，我瞧了瞧，那些食客可是實打實的，都是衝著好味道來著。」

剛開始，一看店裡幾桌都坐滿，以為是老大叫人佯裝成食客來給忘憂矣館漲漲勢頭，可他仔細看了一遍，一個都不熟，認得的只有在安隆街開店的掌櫃，忘了叫什麼來著。

「怎麼？你懷疑起我來了？」李承元瞥了田石櫃一眼。

田石櫃擺擺手，笑道：「我哪敢啊？老大，只不過今天才開張，怎麼也要叫幾人熱鬧熱鬧的，夫人手藝好，會做買賣，倒是不用來這些虛的了。」

李承元輕笑道：「那是當然，我家夫人很厲害。」

田石櫃忙道：「是、是，老大，那我過去幫忙了，您一人就好好品嚐夫人給您做的菜。」

李承元揮揮手，道：「去吧，跟如意說別累著了。」

田石櫃點點頭就退了回去。

李承元看著擺在方桌上的四道菜，嘴角不由得上揚。

以前一個府邸的大小姐，竟然能做出美味的美食來，李承元真的意想不到，而且不只是菜，還有糕餅、點心，連熬的湯都是一樣清甜入味。

李承元覺得自己娶了一個會做飯的女子，簡直是幸福得意的美事。

才大半天時間，徐娘和柳絮幾人都忙昏了。

兩桶豆花不到兩個時辰就賣完了，那兩大筐魚丸、蝦丸也要見底了。

這幾樣東西可是有賺頭的，畢竟材料都是自家種的、自家人去溪裡抓的，不會花太多的本錢。

雖然忙得腰痠背痛，但是看著一開張的生意能這麼好，多累多苦都不是事。

陶如意接待完來送賀禮的客人後，就去廚房幫忙。

孫貴跟四個幫手雖然忙得熱火朝天，但是有條不紊。

一下子幾張菜單拿了進來，其中有三道菜必須是孫貴親手做的，其他的廚子做不了，陶如意見他騰不出手來，就過去捋起袖子，圍起圍巾裙，切了蘿蔔、馬鈴薯。她的刀工不錯，切得一條一條的。

孫貴瞧著這一幕，心想夫人還真是有一手，他原先還以為只是照著食譜紙上談兵，沒想到是實實在在的。

「大東家，您還是出去吧？這兒煙味重。」既然是在忘憂矣館做事，大家都稱陶如意為「大東家」。

「沒事，孫大廚，今天累著了吧？過了這段時間就會好些。」陶如意一邊切著食材，一邊說道。

「我們一點都不累，大東家，這店一開張就有這麼多生意，真的了不得啊！」孫貴笑道。

「這是承蒙大家關照了。」

雖然廚房裡幾人說著話，但是手裡的活兒一點都不落下。

不管如何，都不能讓食客等太久，忘憂矣館的菜式簡易，且價格不高，一般人家是能消費得起的。

忘憂矣館開了一個月，陶如意算了算，滿臉笑容。

這一個月來，陶如意都沒有回凌風山莊，反而是李承元辦完事就自己騎馬過來找她，也在這邊歇了下來。

徐娘私下說了陶如意，要她回凌風山莊去，怎麼可以讓李承元過來這邊陪她呢？

陶如意卻一門心思想著忘憂矣館的生意，沒把徐娘的話聽進去。

徐娘無奈，但看著李承元一點怨言都沒有，常趁著陶如意坐下來歇歇，他就給她沖了茶遞過去。

對著別人是冷冷的臉色，對著陶如意就和煦春風了。

徐娘打心眼裡替陶如意感到高興，這孩子簡直是撿到一塊寶了。

這邊，兩人歇下，陶如意往李承元懷裡靠了靠，低聲說道：「承元，你跟我在這裡住會不會不太好？」

李承元一隻手輕輕摸著陶如意那一頭長髮，烏潤柔順，說道：「怎麼會呢？」

兩人能如此擁著入睡，比什麼都要好。

他可不想一人孤零零的睜著雙眼看著床頂無法入眠，他們成親兩個月了，一切很自然，沒有刻意去修飾他們的相處之道，彼此也不會說甜言蜜語。只是，他和陶如意的洞房花燭夜到現在還保留著，這讓他有點提不勁來，自從知道她來月事身體不好，就一直讓李大夫給她調理。

唉！

李承元只能暗地裡喟然嘆息。

此時此刻，他環在她腰間的手更加往他這邊攏了攏，貼著她的臉，輕輕的親了下去。

蘇清跟王良平去了上桐城，給李承元帶來了好消息。

李承元交代他們辦的事情進行得很順利，已經查到范輔相暗地裡做的那些狼子野心之事，他派的那些暗衛到梅隴縣四處打探，竟然是為了一個寶藏。

這讓李承元匪夷所思，梅隴縣這邊有什麼寶藏？他在這邊駐紮多年，上上下下、前前後後都探究清楚，根本沒有這麼一說。

還是……

他在想是不是自己忽略了什麼？

李承元沒有把上桐城遞過來的消息告知陶如意，他不想讓陶如意多想。

當年陶大將軍就是因為阻礙了范輔相的強權之路，不與他同流合污，才被陷害入獄的。

陶家倒臺，慶幸的是陶大將軍活了下來，要不然陶如意現在都不知道成了什麼樣子了。

李承元的父親給了他一封加急的密信，說陶文清已經出來了，到時會派人護送到這邊來。

如果是這樣，那是不是意味著他那位堂皇兄恢復意識了？也意味著范家的人也知道了陶如意還在人世，而且跟他成了親？

李承元想得很遠，每一步都不想放過。

不過安順王給的好消息，當然要告訴陶如意了，這足以讓她欣喜若狂，連覺都不用睡了。

最近陶如意忙得很，賺錢的喜悅讓她一心撲在忘憂矣館裡。

聽了李承元跟她說的話，她很是開心。

爹娘就要回來跟她團聚了，這是多麼激動人心的消息啊！

這麼多年受著分離的煎熬，還有心驚膽戰的無措，她能活下來是因為知道她的爹娘還在獄中受苦受難，她在等著重見天日的那一刻。

終於，李承元幫她辦到了。

「如意，我爹說讓妳爹和妳娘過來這邊，妳覺得可好？」李承元環抱著陶如意，輕輕問道。

他就知道她會激動得熱淚盈眶，不過他給了她依靠，什麼事都有他在。

陶如意抽泣著說不出話來，只是點點頭。

「不哭了，我們應該高興才是，再過些日子就可以見到爹娘了。」李承元知道她是激動得哭了。

陶如意直直的看著李承元，說道：「謝謝你，承元。」

「我們一家人還需要說這些話嗎？好了，去洗漱一下，別讓外人見了還以為是我欺負了妳。」李承元用衣袖給她擦了擦眼淚，說道。

「我家夫君對我這麼好，大家都知道的。」陶如意抿著嘴說道。

李承元如此疼愛自己，徐娘都偷偷跟她說了好幾次，讓她好好對人家。的確，有一段時間沒怎麼往李承元面前貼過去，一躺在床上就累得直睡過去，甚至還是李承元幫她脫鞋、拆髮髻的呢。

有一次，李承元看不過去，但又不好發脾氣，只是用商量的語氣跟她說：「如意，要不妳就待在府裡，不要去管忘憂矣館了，我讓人去打理就行。」

「不行。」陶如意一句話拒絕。

「可是，妳把自己搞得這麼辛苦，不知道的人還以為妳的夫君養不起妳，讓妳拋頭露面賺錢養家呢。」李承元說道。

就算有徐娘和柳絮幾人幫著看店，但是陶如意得要親自下廚，親自做糕點，好像只有經過她的手做出來的才是真正的招牌，特別是那些糕點，那些食客一來就只要老闆娘做的才買。

陶如意也沒辦法啊。

食客的要求，身為老闆的她當然要接受，這樣才會有更多的食客來她的忘憂矣館消費。

李承元知道自己不能逼陶如意，她做她喜歡的事情，再苦再累都無所謂，其實她這樣每天都是高高興興的，連帶跟著那些小廝、丫鬟，都打成一片了。

「那妳聽我的，以後少做些，能給孫貴他們去做的就給他們去做，妳給了他們工錢，他們也該做的。」可別大東家忙著，其他人就光拿薪資卻不用幹活，這說出去就是笑話了。

「我知道了，孫貴他們也是做了很多的。」陶如意倒了杯水喝下，也給李承元倒了一杯遞過去。

李承元接過抿了一口。「安隆街那邊的生意就不要接了，妳自己的店都忙不過來了。」

陶如意心大，現在自己開了店，念家鋪和安家鋪有往來的買賣還繼續做著，沒有放棄。

聽了李承元的話，陶如意敷衍的「嗯」了一聲。

他們都要跟陶如意拿貨，陶如意當然不能斷了這路，何況忘憂矣館是開在崇遠坊這邊，離安隆街那邊還有點距離，兩邊都有買賣可做，這可是兩全其美的事情。

陶如意自己出去打了盆水過來，用紗巾沾了沾水，輕輕擦拭自己的臉龐。

銅鏡中，她的雙眼紅紅的，這副模樣出去，還真會讓人遐想不已。

李承元見天色還早，要不就帶她去散散心好了，他們倆都沒有好好找點空閒逛街呢。

不知道是他不夠用心，還是陶如意不想跟他出去。

「如意，我們去靈隱寺一下吧，我也正好找一明大師聊聊。」李承元走過去說道。

陶如意想想也好，自從那一次跟徐娘她們上靈隱寺求籤，自己還病倒後就沒再去過了。

不過也因為這樣，她跟李承元更加親近了，然後兩人就成了親。

「承元，你讓人去備馬，我去店裡跟徐娘她們說一聲。」

他們現在就住在忘憂矣館的後舍處，凌風山莊都很少回去了，她都懷疑他們的新房要發霉了。

等過兩天還是回去看一下吧，就如徐娘說的，怎麼能讓她的夫君這麼鞍前馬後的跟著，還好這裡的人都是知根知底的，要是讓別人知道了，簡直要成為一大笑柄，李承元被人看不起，而自己就是一個悍婦了。

「上次是一明大師幫我看病的，我都還沒上門答謝呢，這次過去一定要跟他說一聲。」陶如意說道。

李承元拉了她的手，說道：「放心，我早就跟他說了，其實說起來妳病倒當時，還是我第一個發現的……」他欲言又止。

陶如意沒去多加注意，而是轉身去店裡跟徐娘和柳絮交代一聲。

李承元見她沒注意到，只能作罷。

當時是他發現及時，要不然在那偏僻的地方沒人知道，只會加重她的病，後果不堪設想。

現在她好好的，成了他的娘子，世事難料，但是結果如他所想就好了。

第四十五章

因為得了好消息，陶如意這些天很是開心，對著自家夫君左看右看都是英俊瀟灑，誰都比不上他。

還有，來店裡吃飯的客人一律送一盤小菜，可謂是「普天同慶」。

徐娘本想說兩句，可是見她這麼喜悅，就沒再說什麼，畢竟老爺、夫人要回來了，當然是最重要的事情。

可是，李承元心裡卻很焦躁，到現在還沒跟娘子好好琢磨那銷魂的美事，已是到了寢食難安的地步。

時間長了，陶如意還是看得出來的。

每次只是磨蹭那麼一下，傷心勞神，不暴躁已是不錯了。

可李承元很尊重她，寧願自己半途進裡屋澆個冷水澡也不對她多進一步。

其實陶如意早就接受了，就是不懂他為何這麼小心翼翼？洞房花燭夜來月事，都成了李承元心裡的陰影了。

兩人成親兩個多月，徐娘找了沒人的地方問陶如意有孩子了沒？身體可有不適？陶如意被她這麼一問，臉都紅了，兩人都沒有行那事，怎麼可能有孩子呢？

可又不能跟徐娘說白，要不然都不知道如何解釋。

其實徐娘是為了她好，女子成親了，接下來就是有兒有女才算圓滿，就如她一樣，雖然白平貴走了多年，但有了柳絮和寧哥兒，徐娘的日子才有了盼頭。

搪塞了徐娘後，陶如意回屋裡坐下，托著腮，靠在几案仔細想了一番，連李承元進屋都不知道。

前日去靈隱寺見了一明大師，順便讓他給陶如意把把脈，一番詢問之後，一明大師只說了「身子已無大礙」。

李承元是相信他的，畢竟一明大師是大津少有的名醫，什麼疑難雜症經他手都不是事。他上次說要再次雲遊四海，可是遲遲不動，李承元知曉後就去跟他商討一些問題，順便帶陶如意一起四處走走。

李承元把得來的消息告知了一明大師，他只說了一句——

「承元，萬事想得透澈，就會有解決的辦法。」

既然范輔相把手伸到這邊了，就說明這邊有什麼利益是他需要的，不管是不是真的有寶藏之說，反正接下來定然不會太平。范輔相已經失去了理智，為了權力，不惜與外敵勾結，這地步已是令忠臣們忍無可忍了。

「如意，妳在想什麼這麼入神？」李承元走過去，輕輕說道。

過了半晌，陶如意才回過神來，抬眸看了看李承元，沒有說話，只是面紅耳赤，一目了然。

李承元不知道她是想到了什麼才會這般嬌滴滴的。「有什麼好事跟我一起分享分享？」

陶如意到底不能說出那些羞澀之事，只能乾笑幾聲道：「郎君，我父親、母親就在回來的路上，我想到這個就激動不已。」

李承元感覺她想的不是這個，岳父、岳母大人回來這事早已知道好些天了。不過她既然如此說，李承元也不想深究到底。

一切她高興就好。

陶如意輕咳一聲，看了看，欲言又止。

「如意，有話就問吧。」李承元見她這樣，溫聲道。

「郎君，你可……可……有想過……」陶如意似是結舌一般。

李承元疑惑的看著她。

「你……可想過要個孩子？」陶如意鼓起勇氣，問道。

李承元吃力的聽完她問的話，心裡感到奇怪。

這問的有點傻吧？

他當然想了，可是她還沒有準備跟他一起朝這方向走啊，她都不知道他有多難受呢。

李承元走到她身邊，摟住她，輕輕附在她耳邊說道：「當然想了。」

陶如意被他這麼一摟，整個身子不由顫抖一下。「我也想要個孩子。」

這話是不是意味著，她答應他可以行那同宿之事？

李承元嘴角上揚，他等這一句可是等很久了。

他就這樣摟著陶如意，輕輕摸著她那柔順的頭髮不語。她的身上有獨特的清香，這讓他沈迷其中，無法自拔。

從窗外投入一縷亮光，十分柔和。

「承元，我們晚上回山莊吧。」陶如意輕輕說。

「好。」李承元回道。

晌午後，李承元讓田石櫃先回凌風山莊，讓人把玉安院上下都打掃一遍。其實就算他們沒住在那，每日都有侍婦過去打掃，一塵不染。

陶如意聽他這麼鄭重其事的交代田石櫃，覺得十分好笑，不就是回自己家而已，他那樣就差張燈結綵了。

「好了，承元，你不要讓田大哥特地過去，我們等會兒坐馬車回去就行。」陶如意攔住了李承元。

田石櫃在一旁聽著老大的吩咐，越聽越覺得想笑。老大和夫人回凌風山莊而已，得如此隆重嗎？以往老大可不是這樣的，自從娶了妻，讓人刮目相看；不過對他們和敵人，依然如故。

「田大哥，你去店裡幫忙吧，不用回山莊了。」陶如意對田石櫃說。

李承元看了陶如意一眼，她怎麼就不明白自己的心思呢？

既然都答應他了，當然要好好佈置一番，才對得起那美好的一刻啊！

李承元冷不防對田石櫃說道：「石櫃，聽她的吧。」

田石櫃忙行了禮退出去。

他瞧老大臉色不是很好，似是委屈但又不太像，難以言喻。

李承元不知道田石櫃已經腦洞大開了，他對陶如意說：「如意，妳可是大半個月沒回去了。」

陶如意當然明白，他就是想讓她不要管忘憂矣館的事，好好休息幾日。

「我知道，我數了數，十六天沒回去了。」

李承元也有十天沒回山莊住了。

她都不好意思了，放著好好的房子不住，卻跟著大家一起住在這兒，不過她開心啊，晚上有時間，還聽寧哥兒和胖哥兒吟詩作賦一、兩首呢。

兩個小子在崇遠坊不遠處的一間學堂裡讀書，老師教得好，他們也學得認真，陶如意跟徐娘說兩個小子大有前途，徐娘聽了甚是高興，她現在就是這麼祈願，寧哥兒將來能有官名所得，那就是光宗耀祖，出人頭地啊！

李承元空閒時也提問了兩小子一些問題，兩小子回答得頭頭是道。李承元笑笑點點頭，如意說得沒錯，兩小子值得培養。

剛剛老大那一緊一鬆的樣子，田石櫃在他面前早就憋不住了，而莊主夫人輕飄飄的一句話，老大就讓他按著夫人說的做就行，這會兒來到食肆的後廚房，終於捂著肚子笑了出來。

只不過回一下山莊罷了，老大就搞得那麼隆重。

好不容易得了空，孫貴準備好好打盹一下，才要入睡，就被田石櫃的笑聲吵醒了。

孫貴很是不悅，自從忘憂矣館開張以來，他們都有好多活兒要做，因為生意太好了，他都意想不到。

可能是大東家太會找生意了吧，孫貴聽說大東家曾經在安隆街擺攤賣豆花，春夏秋冬都不停歇。

想不到一個擺攤的姑娘也有這麼好的廚藝，每道菜十分入食客的心，吃過一回，過兩天還會想再來吃一頓。

剛開始讓他過來這邊做事的時候，他心裡有點不自在，在凌風山莊做得好好的，莊主也習慣吃他做的飯菜了，這可是一件不容易的活兒。

不過，莊主吩咐田石櫃叫他來，他也只能聽命行事。

在山莊時，他與大東家接觸了幾回，她時不時去廚房做一些糕點、豆餅，他都吃過一、兩回了，味道很入味，連安隆街那家念家鋪都有賣她做的東西，這是他後來聽田石櫃說的。

太忙也不會少了他們的休息時間，莊主夫人是這麼跟他們說的。這不，現在店裡是午茶時候，不用他們全部下廚，幾人輪流打一會兒盹，等過了申時後，他們就要大忙了。

孫貴語氣不太好，說道：「田石櫃，你這是幹什麼？有那麼好笑嗎？發癲了得去找大夫醫治一下。」有病就要醫，他可是說到這一步了。

田石櫃對孫貴說這樣的話一點都不在意，還在那兒笑著。

孫貴見他這麼瘋癲，感到很無語。

田石櫃對著孫貴擺擺手。

他得緩一緩。

可一想起老大在夫人面前聽話的樣子就會忍不住想笑，老大真的越來越裡外不一了。

孫貴蹲下身問道：「石櫃，你這是怎麼了？有什麼好事讓你在這兒笑個不停。」田石櫃是有點笑過頭了，讓老大知道他暗地裡笑話他，那就慘了。

「沒有，沒有……」田石櫃忙說道。

「沒有？沒有你會笑成這般？」孫貴像是在看個怪物似的看著田石櫃。

「好了，孫大廚，你去歇會兒吧，我在這兒看著。有沒有要我先打理的啊？」田石櫃站起身來說道。

孫貴也是個聰明人，再問下去田石櫃就真的會把心裡話全盤告訴他了，他自己一人偷偷樂一樂就好，多一人知道，那就是在給自己找罪受。

陶如意跟徐娘說好了，這兩日她都會在凌風山莊住，忘憂矣館有什麼事就讓她看著辦，不過食肆的事務基本上穩定下來了，大家都做得妥妥當當的，陶如意一點都不擔心。

徐娘把陶如意拉到一邊，要跟她說句悄悄話。柳絮見娘親這樣，就沒跟著過去。

陶如意要回山莊，柳絮本想跟著去，但店裡生意好，陶如意讓她在店裡幫忙，她不過就是回去住兩天，陪陪李承元偷個空閒罷了。

再過些日子，陶如意的爹娘就要來了，到時候就要好好陪著爹娘，把分離這幾年的所有思念告訴爹娘。想到這裡，陶如意就充滿了期盼，希望這一日快點到來。

陶如意跟徐娘走到一邊，輕聲問道：「徐娘，怎麼了？」

「如意啊，妳跟承元回山莊，就要好好照顧他，妳可明白我的意思？」徐娘低聲道。

陶如意見她想要說明白卻又不明說，仔細一想，就臉紅了。「徐娘，妳……」

「妳明白就好。」徐娘笑咪咪說道。

這些暗示讓陶如意意亂神迷，回去的一路上，她都不說話了。

李承元跟她坐同一輛馬車，平常兩人在一起都會說說話的，這會兒她卻一句話不說，瞧著有什麼心事一樣。

陶如意知道這次回去，那事是一定不能再拖下去，畢竟兩人都成親幾個月了，他也是十分憋屈的。

李承元一聽她要回山莊，仔細的讓人先回山莊收拾一番，她就知道他十分在乎。

陶如意拉開車簾，看了看外面。

秋天來了，兩旁的樹有黃色的樹葉落下，天色漸漸暗下來，街市少了很多人。

離凌風山莊還有些距離，馬車慢慢行駛著。

終於，李承元開了口。

「如意，妳想到什麼了？」

陶如意放下簾子，回過頭來跟他說：「承元，我爹娘要來了，我們成親之事，他們還不知道呢。」

幾年不見，女兒就自己做主嫁了出去，不知道兩位會怎麼想？不過她的爹娘是講道理的人，應該不會說什麼不好聽的話。

李承元笑了笑說：「妳怎麼就擔心起這事來了？我們成親是合情合規的，而且妳爹娘都認得我，妳父親跟我父親可是過命之交的。如意，妳大可不必想這些有的沒的，況且妳爹娘都知道我們已成親的事。」

陶如意一聽，感到驚訝。

爹娘知道這事？怎麼可能？

可回頭一想，也是有可能，畢竟安順王在大興，應該早就告知她的爹娘了。

「我爹娘真的都知道了？」陶如意問道。

李承元點點頭。「這可是大喜事，就算我不去說，我父親也會急著告訴岳父、岳母大人的。」

李承元彎起了眉眼。

第四十六章

一回到玉安院，兩人各自去洗漱一番。

身上黏糊糊的，渾身不自在，何況今晚要度過最美好的時光，當然不能辜負它啊！

今晚的月色很美。

玉盤似的圓月高掛在天，四周有星星點綴。

陶如意倚在窗前抬頭望明月，樹影婆娑，風聲沙沙。

李承元去書房把這幾日留下的活兒處理完，陶如意心想他還真冷靜。

兩人已是心領神會，今晚將會是美好的夜晚。

李承元把一切該做的都做了，連他們成親之事都告訴了千里之外的爹娘，陶如意感到十分欣慰。

對於她成親，爹娘沒能送她出門子，曾經是一個遺憾。

陶如意記得當年，她的娘親早早就給她備了好多嫁妝，連娘親最珍貴的玉鐲都說等她嫁了人就給她。

她的父親、娘親從不虧待她，有什麼好的都會給她，祖母也疼愛自己，可是祖母卻離她而去了。

想到這裡，陶如意不由得要掉下眼淚。

這幾年的痛苦，都是拜范家所賜，陶如意恨之入骨。

祈求上天，能好好的懲罰壞人。

起風了，陶如意感到有點涼，她關了窗，準備上床歇息。

這時，李承元推門而進。

「郎君。」

陶如意柔聲細語，聽著令人回味無窮。

李承元望去，陶如意那微白的頸項和隱約可見的鎖骨入了他的眼，他抿唇吞了吞口水。

平常倒也見過，可是這一次在那微黃的燭火照映下，那一絲絲氛圍就是不一樣。

她是在等他回來嗎？

李承元輕輕的走了過去。

「郎君，事情做完了？」陶如意邊打理著被子邊問道。

「嗯。」李承元回道。

陶如意把被子鋪好，轉過身來想要問李承元餓不餓，哪知道李承元就站在她身後，這麼一轉身，就撞入了李承元的懷裡。

投懷送抱無非就是如此吧？

陶如意羞澀不已，她的鼻子都有些疼了。

李承元卻緊緊的抱住了她，不讓她離開。

他的雙手攬住她那纖細的腰肢，輕輕的撫摸著，柔軟的感覺讓他內心無比蕩漾。

陶如意覺得自己也不必太矯情，對自己的夫君，當然要坦誠相待才是。「郎君，可以的。」

這麼一句話給了李承元堅定的信心，他那點心思，彼此都是同意的。

李承元稍微彎腰便將她打橫抱起，往床榻走去。陶如意一陣眩暈，羞答答的抱緊了他。

不一會兒，兩人就似藤蔓一樣纏繞在一起了。

兩人結合得天衣無縫，李承元的呼吸重了起來，這可是他期盼已久的時刻，不好好琢磨情意，就真的太對不起自己了。

陶如意當然也感受到了彼此的熱烈，意亂情迷無非就是如此。

結束了一場，兩人汗流浹背，李承元依然不放過她，尤其見到陶如意嬌滴滴的模樣，挑起了他更多的渴望。

柔嫩可口的滋味，令他回味無窮。

男人對這樣的事情特別賣力，不久後床帳裡又傳來聲響，兩顆顫抖的心緊緊挨在一塊兒。

第二日，陶如意沒力氣起床，睡到要晌午才起來。

李承元整夜都抱著她，一時還真讓她喘不過氣來。

男人說一次就好，這都是騙人的。

陶如意不禁懷疑李承元是要把這幾個月沒做到的事都一次補回來，可這會兒她連踹他的力氣都沒有了。

「娘子醒了？」

男人一臉人畜無害的表情，對陶如意溫柔的說。

陶如意連看他都不想，做事不能這樣啊，這要讓她休息多少天才能把力氣緩過來啊！

「娘子，我下次不敢了。」

李承元意識到自己昨晚對她太忘我，先急忙說是自己的錯。

「娘子，我保證下次不會這樣對妳了。」

男人這些保證的話無非就是紙上談兵，一旦開了葷就戒不掉。

在接下來的幾天裡，陶如意一次又一次證明了男人說話都是不可靠的。

李承元這幾日吃飽喝足了，辦起事來更是雷厲風行。

他甚至給了田石櫃二兩銀子，說是獎勵他的。

田石櫃拿著老大遞過來的錢袋子，一臉懵逼。

「怎麼，我給你銀子不要？」李承元看了田石櫃一眼，說道。

田石櫃忙道：「老大給我銀子，當然是多多益善，只是我近來沒做什麼好事，所謂無功不受祿……」

「你可是幫了如意好大的忙，忘憂矣館生意這麼好，這其中也有你的功勞，有你在做事，我家如意也能得空歇一歇。」李承元難得一次解釋這麼多。

田石櫃更加懵了。

這不是他應該做的事嗎？

以前做那麼多，老大都不當一回事，現在卻這樣……該不會現在給個甜棗，到時候就是給一個大巴掌吧？

想想都覺得寒毛直豎。

「老大，這本是我應該做的事，這銀子還是給其他兄弟吧。」田石櫃笑笑說道。

「我說給你就給你，你扯那麼多幹什麼？」李承元見他小心翼翼的退還那二兩銀子，心裡就不舒服。

田石櫃見老大就要原形畢露了，不由得擦了擦額頭的汗珠。「老大，我去忙了。」說完把銀袋放在几案上，不等李承元說什麼就轉身離開客堂。

前店的吆喝聲、熙攘聲傳了過來，他們又要開始忙了。

李承元看著那急忙離開的背影，嘆了口氣。

有銀子送都不要，這田石櫃太好笑了，腦門是不是被門給磕到變傻了？

他想對手下好一點，他們都不接受。

實在不行到時讓如意給他們吧，或許就會拿了吧？

只怪自己平常太過嚴肅，讓他們都覺得自己有多凶狠，其實不是的，比如他對如意就溫柔親近多了。

在凌風山莊住了三、四天，陶如意對忘憂笑館放不下心，收拾收拾就回來這邊了，李承元也跟了過來，不過晚上自己還是要回去，因為一起住下來他就會想要，吃過了就蝕骨入心，可是這個地方兩人想恩愛不是很方便啊！所以他只能忍受著回那個冷冷清清的玉安院，獨自翻來覆去，難以入眠。

再過七、八天，他的岳父、岳母大人就要到梅隴縣，他早就讓人去打理一個大院子，準備迎接兩老入住，這些安排都跟陶如意商量過，陶如意也同意他的安排。

本想讓兩老一起在凌風山莊住下就好，可是想想有些不妥，就在離凌風山莊不遠的地方買了一套院子，一定夠兩老住的。

李承元現在做什麼都會先想著陶如意，只要她能笑得美，他都無所謂讓人背後說什麼了。

等安順王找到范輔相把柄的時候，年輕皇帝就完全清醒過來了。

到最後還是得靠自己的皇叔拉一把，不過不管怎麼說，大津是他們李家的，怎麼也不能容許外人掠奪了去。

年輕皇帝著了范貴妃的道，竟然不聽忠醫的勸說就喝下她遞過來的湯藥，以為這樣他的頭疾就會好了，哪知道根本就是在加重疼痛，不得不繼續服藥，還曾經昏迷了一段日子。

最可惡的是范輔相竟然為了利益做了賣國求榮的事，這簡直天理難容，這幾年還找了個莫須有的罪名，把鎮國大將軍陶文清抓進大牢。

他的二女兒當了貴妃還不知足，為了當皇后，不惜聽取父親的慫恿，一步一步的把皇帝置於死地。其實說起來皇帝對范家很好，一直愛惜著他那婀娜多姿的貴妃，哪知道自己是在養虎為患。

安順王出兵平息戰火，打的是先把外敵擊退再來揪出內賊。

還好年輕皇帝雖然時清醒，時迷糊，但是最重要的兵符一直揣在身上不放，而范國全有的只是一小部分罷了。

安順王偷偷跟皇帝見了一次面，將來龍去脈都說了一遍。

而梅隴縣這邊有李承元駐守，誰也攻不進來。後來蘇清跟王良平查清楚了，范國全為什麼對梅隴縣這邊如此在意，原來是因為這邊有一個礦坑，是鑄造兵器最大的材料來源。

范國全的心變大了，竟然想要獨吞這麼一大塊「寶物」。

好在那個不像樣的羅史吉，倒在最後關頭站對了邊，把他所發現的祕密偷偷告訴了李承元。

因為那個礦坑就在東山村和白家村的交界處，羅史吉常在這一帶行走，對這裡的地形很是清楚。

而且，他暗地裡也收到宮裡的密信，多少也猜到李承元是何方人物了。

只是，李承元依然用那副冷峻的臉對他，使羅史吉一點都不敢靠近，只能躲在東山村乖乖的做個村霸。

范國全還沒倒臺，不過也是不遠了。

李承元把得來的密報仔細看了一遍，然後放入火爐，不一會兒就燒成了灰。

他整理一番後就走出了書房。

暗室裡那幾個細作早已收拾得乾乾淨淨，該得的信息都想盡辦法從他們嘴裡撬了出來後，已沒什麼作用。

他不想到時候被陶如意發現凌風山莊竟然有血腥味，這樣的話她會不悅的。

陶如意的父母在半個月前到了梅隴縣，兩老身體沒什麼不妥，只是比以前清瘦了些，陶如意一見到他們熱淚盈眶，三人興奮的抱在一起，李承元只是站在旁邊看著他們相聚。

凌風山莊熱鬧了很多。

這是多年來從沒有過的。

陶文清當然知道李承元是什麼樣的人，畢竟是安順王的兒子，也是有他父親當年的氣勢，要不然就不會在這個地方擁有了這麼龐大的組織，暗地裡卻是為大津清理敵人，收集信息。

葉時然來凌風山莊見了陶大將軍一面，幾人聊了很多話。

陶如意不記得葉時然是何人，李承元特別滿意。

雖然陶文清跟她解釋了一番，陶如意依舊不記得。

看來葉時然在她心裡是一點印象都沒有的。

後來李承元說了葉時然，當時不是說有多熟悉的樣子，還說什麼要娶她為妻，這不過是葉時然自己一廂情願罷了。

葉時然一點都不生氣，只是笑笑說道：「承元，你放心吧，我對你娘子沒有興趣，我自己有喜歡的人了。」

想不到葉千戶找到了自己的幸福，李承元替他高興，問他是看上哪位姑娘了？

葉時然卻是神神祕祕的，吊人胃口的不跟李承元說。

不過，葉時然一有空就往忘憂矣館去，吃一頓、喝一頓，自我陶醉。

剛開始李承元害怕葉時然是對陶如意還有想法，所以一見他來了就趕著人家走。

兩人說清楚後，李承元就不管他，陶如意都成了他名正言順的娘子，誰也搶不走，而且岳父、岳母大人都對他很滿意，所以不用太擔憂。

忘憂矣館的生意好，陶如意就開心，李承元一想通，就讓葉時然常來，甚至跟他說要多帶幾個好友過來捧捧場。

日子就這麼過著，看似很平靜，其實只有李承元知道，即將有一場暴風雨來臨。若這場暴風雨能順利了結，那大津在不久的將來就能國泰民安。

陶文清雖然被罷了官，無須他去擔憂國事安不安穩，無奈他的心裡依然牽掛著。

他在梅隴縣安心的住下，有幾個以前出生入死的將士竟然上門來找他喝喝酒、說兩句，只是當年的事情他們都沒有提起，畢竟如今朝廷都不需要他們賣命了。

陶如意的母親秦氏說了陶文清，讓他不要再逞強，如今年紀大了，還是在這裡跟著女兒、女婿好好過日子就行，別再去打探那些消息了。

陶文清面上答應秦氏不管，心裡卻是在意的。

陶如意一有空就過來陪他們，一家人分離了四年，這四年可是生死未卜，前前後後都多虧了李承元和安順王，要不然都不知道何年何月才有相聚的時候。

秦氏越看越喜歡李承元，這女婿對自己的女兒疼得不得了，可謂是奉為至寶，明眼人都能看得出來。

徐娘時常過來府裡跟秦氏說說話。

秦氏在暗無天日的地牢裡度過了四、五年，還來到人生地不熟的梅隴縣，雖然有自己的女兒在，但是總會覺得孤寂，且好多事物都變得陌生了。

陶如意請她去忘憂矣館走走看看，帶她到熱鬧的街市逛逛，認識了柳絮的娘，兩人一見如故，十分合得來。秦氏很感謝徐娘幫了她的女兒，要不然她的女兒都不知道成了什麼樣了。

想一想，世上還是有好人的。

徐娘把這幾年的種種說給秦氏聽，秦氏聽著聽著流下了眼淚。如意這孩子這幾年辛苦了，不過能遇到這麼好的人家，在白家村熬了下來，跟柳絮一家人和睦相處，也算是幸運的。

徐娘從來沒有見過將軍夫人，心裡還想將軍夫人會不會很難相處？會不會看不起她這個村婦？

誰知親眼所見後，發現將軍夫人溫柔賢淑，兩人很是親近，差點就要以姊妹相稱了。

第四十七章

狗急了都會跳牆。

顧上元被打斷了腿，范卿蓉跟他和離。

范卿蓉知道陶如意還活在世上，竟然不惜代價找殺手來暗殺她，還好半路被李承元攔截了，還出雙倍的價錢讓殺手去找范卿蓉算帳。

范卿蓉不明白自己一直執著的那份感情到底是真還是假，她努力搶來了顧上元，但是過得很不開心，同在一個屋簷下總是吵吵鬧鬧，一句不好聽就差點大打出手。

她就是要陶如意死，自己才能安心。

在很久以前，范家和陶家走得很近，而聽到讚語最多的是那個陶家大小姐，什麼都比她更勝一籌，連顧上元都成了她的未婚夫，這一點讓范卿蓉很不甘心，她必須把這個男人搶過來。

沒想到她使了點雕蟲小技，顧上元就上鉤了。

他是顧家的庶子，想要往高處走，當然需要一個大靠山，而范卿蓉的爹就是一個不錯的大靠山。陶家在那時已經倒臺了，陶如意的爹娘被打入大牢，誰還敢往前湊？

顧上元看得懂形勢，一見范卿蓉說幾句動容的話，他就放棄了那位多麼喜歡的青梅竹馬。

兩人各懷鬼胎，為了達到各自的目的，走到了一起。

可是強扭的瓜不甜，兩人過得不像夫妻。

顧上元竟然膽大地偷偷在外頭養了個女人，連兒子都有了。

雖然要一個男人只娶一女那是難的，范卿蓉知道這個道理，可是人家卻不告訴她，讓她在別人面前成了一個笑話。

這一點她絕不容許。

她的爹是要做人上人的，她的妹妹要做皇后的，她要做那個誰見了她都得卑微下跪的高高在上的女人，她一點都不比陶如意差。

可是，顧上元讓她成了笑話，那些夫人見了她，當面不說什麼，背後卻是議論得笑瞇了眼。

她找了侍從，把顧上元養在外面的女人直接拉去賣了，永不能到大興來；而那個一歲多的孩子畢竟是顧上元的骨肉，范卿蓉還算有點良心，把他抱回了府養著。

顧上元知道范卿蓉這麼狠心地把他的女人賣了，回府後直接跟她吵了一場，自此以後就沒進他們的房間了。

說起來兩人成親以後，都沒怎麼在一起。

顧上元一見到范卿蓉，就想起自己對陶如意下狠手的事情，他一直心驚膽戰，每個晚上都會夢到他推她下深淵的那一刻。他提心吊膽，深怕有一日陶如意會變成厲鬼來找他算帳。

他不喜歡范卿蓉，一點都不喜歡，跟她在一起就是活受罪。

當年就是鬼迷心竅了才會跟她站在同一陣線，一步一步走向了絕望。

小落子把打聽來的消息告訴了陶如意。

他是在陶如意的爹娘來到梅隴縣一個月後才找過來的。

小落子說道：「小姐，現在那個顧上元走路一拐一瘸的，瞧著多痛快啊！」

在一旁聽著的柳絮也是拍手鼓掌。惡有惡報，只是時機未到罷了，現在有人打斷顧上元的腿，算是給他留了條狗命，本來就該以命償命，當年姊姊就差點給他害死了。

陶如意聽小落子說關於那兩人後來發生的一切，發現自己竟一點都不在乎了。

范卿蓉找殺手來梅隴縣害陶如意這事，小落子是不知道的，所以陶如意也不知道還有這麼一齣。幸虧有李承元在背後保護她，要不然又要遇到當年那場噩夢了。

不過現在的范家也不好，抄家是一定的，年輕皇帝下了旨意，徹查范輔相這麼多年來的種種罪責。

陶如意不想知道太多，現在她能跟親人一起過著清閒的日子，她的忘憂矣館生意蒸蒸日上，有了疼愛她的夫君李承元，她十分知足。

蘇清被李承元派去上桐城辦事，想不到他一個秀才竟能做那些武人才能做的事，陶如意覺得真是看對了人。

幾個月過去，蘇清沒有回來，李承元跟陶如意說蘇清在上桐城很受他爹賞識，打算讓他在門下做事。

蘇清一直以來的雄心壯志得以實現，這是好事。

陶如意跟徐娘說了這事，徐娘十分高興。

兩人面對面坐下，柳絮也端了清茶過來給她們兩人。

三人終於能坐下來聊兩句。

徐娘笑盈盈道：「清能長進，我身為他的乾娘也是受惠了。只是，如意啊，妳讓承元去跟清說一下，終身大事可不能落下了。」

陶如意點點頭，道：「我知道徐娘操心著蘇大哥的終身大事，我自己都寫信去說蘇大哥了，讓他快些把我的嫂子娶回家。」

徐娘一聽這話，感覺到裡面有什麼好兆頭。「如意，妳蘇大哥在那邊有說得上的人家？」

陶如意回道：「我聽承元說的，好像是葉大人的表妹，很看重蘇大哥的為人，天天跟在蘇大哥後面。」

柳絮笑呵呵。「蘇大哥也是很受歡迎的，娘，您大可放心，過些日子大哥就給您把媳婦帶回來了，您到時候就要準備大紅包了。」

徐娘瞪了柳絮一眼。「說話沒遮沒掩的，還好是在如意這兒，否則外人不知道的，還會說我教的女兒怎麼這樣。清成親，我這個乾娘當然是要做好門面的。」

陶如意和柳絮相視而笑。

「柳絮，那妳呢？妳年紀也不小了。」陶如意笑咪咪問道。

柳絮被陶如意這麼一問，抬手撓撓耳朵，臉不由得紅了。

徐娘先開了口說道：「如意，劉嫂還真的過來找我，要給柳絮介紹一門親事，說那戶人家挺好的，沒有複雜的人際關係，我想柳絮她從來就沒什麼心眼，家門簡單好些，我想答應了去看看……」

徐娘還沒說完，柳絮就不同意。「娘，您怎麼沒跟我說就答應劉嫂了，我不去。」

陶如意見柳絮拒絕，該不會她猜的和李承元猜的是對的？有戲了。

她輕咳一聲。「柳絮，如果是好人家就試著見一面，或許就能入了妳的眼。」

「反正我不要，我還要陪娘和姊姊幾年呢，妳們不用太操心。」

陶如意給徐娘使了個眼色，徐娘知會後就起身離開，還是讓她們倆說說心裡話吧。

徐娘剛跨出了門，想到忘了問陶如意有喜了沒，秦氏和她還操心這個呢，可能是想抱孫子，急了。

如果有的話，如意也會把好消息告訴她們的。

晚上，陶如意跟李承元說了柳絮的事情。

她現在操心起這個妹妹的親事了。

柳絮跟了她這麼多年，得給她物色一個好人家，不過也要柳絮這妮子自己喜歡才是。

李承元撩了撩陶如意的長髮，笑著說：「娘子，妳就別操這個心了，柳絮她早就跟葉時然說上了。」

陶如意一個激靈，揚起了身。「真的？我們猜得沒錯？」

李承元點點頭，說道：「我都讓葉時然老實交代了。」

他實在不想把兩人的好時光都浪費在別人的親事上，所以看出葉時然有意思，前兩日就見了面，讓他把實情說了出來，要不然往後的路就不好走了。

葉時然為了自己的幸福，只能乖乖招了。

「這個葉大人怎麼樣？」

陶如意可要打破砂鍋問到底，好好幫柳絮了解一下此人。

「他啊，當然比妳相公就略輸一籌。」李承元輕飄飄說道。

陶如意瞄了他一眼。「別說些有的沒的，承元，我要幫柳絮談一門好親事，我可是給徐娘打了包票的。」

「妳放心吧，他很好，葉老夫人總催著他早些成親，如果他們說定的話，沒過多久就會成親的。」

李承元攬了陶如意的細腰就要親過去，被陶如意打了一下。「我跟你說正事呢，別動手動腳。」

「娘子，我跟妳做的也是正事啊，我們都好幾天沒在一起了。」李承元在房裡簡直是另一個人，陶如意真沒想到，在外面冷峻陰沈，誰見了都怕他；私底下跟她在一塊兒就是葷話連篇，一得空就要抱著她不放。

「葉大人有說過怎麼打算嗎？今日徐娘說劉嫂要給柳絮說一門親事，徐娘覺得那戶人家不錯，可是柳絮拒絕了，看來柳絮知道葉大人這事。」

陶如意還在為柳絮這說親之事冥思苦想著，李承元在一旁覺得不說清楚，今晚是沒辦法跟她好好恩愛一回了。

「娘子，葉時然跟我說了，過兩天就來提親。」

「你說的可是真的？」

陶如意一驚一乍的，一點都不像個貴家夫人的樣子。

不過，李承元就喜歡她這樣真實的模樣，無憂無慮，不用偽裝帶著面具，開心就好。

陶如意想了想，說道：「葉大人的娘會不會不同意啊？畢竟柳絮跟他們門不當戶不對的，不過，我一定會讓柳絮風風光光嫁出去的。」

李承元知道她心裡怎麼想，輕輕說道：「妳放心，葉老夫人是個實在的人，葉時然更不用說了，忠心可靠。」要不是葉時然是這樣的人，他們也不會成為好朋友。

陶如意還要多問兩句，李承元便直接壓了過去，再問下去就真的要天亮了，好事都無法享受了。

一晃又一年過去。

大津國能安穩下來，沒有戰爭，百姓們就能過個好年。

奸臣范國全罪大惡極，當然是沒有好下場。身為貴妃的范家二女兒直接凌遲伺候，年輕皇帝一點都不手軟。

陶如意不去打聽范家的事情了，她現在一家團聚，時常有歡聲笑語傳來，就是人間美事。

柳絮嫁去了葉家，葉時然和她的婆婆都疼著柳絮，陶如意很是欣慰。

不過柳絮依然跟在身邊，忘憂矣館的生意一直是她在照看著。

已經開了兩家分店，生意越來越好。

陶如意無法分出精力去做其他的事，安家和念家的活兒已經沒接了，兩家老闆一看到陶如意就跟她嘮叨，不接他們的買賣，他們店的生意都受到了影響。

陶如意只是笑笑，她真的沒時間啊！

徐娘跟寧哥兒、胖哥兒還是住在忘憂矣館的後舍，王小胖不想回家，不過他的爹娘時常來看他，給徐娘塞了錢，徐娘不想拿，畢竟王小胖跟著寧哥兒，兩人有空閒還會幫忙店裡打掃呢。

大年三十，淩風山莊擺了幾桌，讓幾家人都過來團聚一場。

陶如意忙來忙去，不亦樂乎，她的父親、母親、葉老夫人還有徐娘幾人在堂屋圍著大方桌打著牌，多麼悠閒愜意。

柳絮幫她一起做晚上要吃的飯菜，李承元跟葉時然、蘇清去書房裡說著事。蘇清回來看她們了，還跟她們說明年就要娶親了，到時候就讓徐娘當主母，幫他打理一切。

兩個小子就跟著田石櫃、劉三刀幾人去搬東西過來，他們可從來沒有遇過這麼熱鬧的場面，很是開心。

田石櫃被李承元叫去管那個什麼鐵礦坑，竟然管理得井井有條，連當今聖上都讚賞了幾句。

兵器強大，外敵就不敢蠢蠢欲動，怎麼也要讓他們看看大津的實力。

當今聖上和安順王想讓李承元回大興去，李承元不想去，還是在這裡當一方之主，比什麼都瀟灑多了。

陶文清也接到密報，讓他恢復原職，他回絕說老了上不了戰場了，還是讓年輕人去保家衛國吧。

「姊姊，葉時然可能過完年就要去大興，我不想跟著去。」柳絮悄悄跟陶如意說。

陶如意把手裡的盤子放好，說道：「妳怎麼不去？葉大人去大興代表聖上看重他，妳應該跟著他一起去才對。」

「我只想跟著姊姊，京城那兒，我一點都不喜歡。」柳絮絞著手說道。

「妳跟葉大人成了親，就要跟著他，到時候去了那邊，順便去看看陶府，小落子不是在那嗎？我一有空也會跟著我爹娘一道去看看的。」

陶家冤屈得以昭雪，雖然陶文清不再當鎮國大將軍了，可府邸還是歸還給了他，他則讓小落子負責打理。

「姊姊，我都說了要一直跟著妳的，他去做他的官好了，我跟著妳在這兒開食肆賺大錢。」

「妳這話讓妳婆婆聽了不好。」

「我婆婆不太管我，我怎麼做她都支持。」

陶如意聽了笑笑。「柳絮妳嫁給葉大人，徐娘都高興得很，每日時不時就讚揚葉大人一、兩句。」

這時，柳絮準備彎腰下去提東西，一跨進灶屋的葉時然急忙走了過來，小心翼翼的扶著柳絮，輕聲說道：「娘子，妳注意些，可別傷著孩兒。」

跟過來的李承元，還有在一旁的陶如意一聽這話，都驚呆了。

「什麼？柳絮，妳妳妳有喜了？」陶如意說話都結巴了。

柳絮瞪了葉時然一眼，語氣不太好。「你這麼咋呼幹麼？我還能幹活呢。快出去，別在這兒擋著。」

葉時然還是扶著不放。「要做什麼我來，妳去休息一下。」

陶如意回過神來，趕緊說道：「柳絮，葉大人說得對，妳去休息，我讓春花她們過來就好。這麼大的喜事竟然沒告訴我，柳絮，這可是妳的不對喔。」

「姊姊，我也是這幾天才知道的，所以就沒說，我連我娘他們都沒說呢。」柳絮回道。

「我今日要多做一道菜，是妳喜歡吃的酸菜魚，給妳吃個盡興。」陶如意笑呵呵說道。

她太高興了，喜事連連，這個年過得最開心了。

李承元一直一言不發，他看葉時然那樣子，覺得十分刺眼。

他可是比他還早成親呢，怎麼這大喜事給葉時然搶先呢。

太不公平了。

所以，在大家高高興興給葉時然慶祝就要當爹時，李承元連眼都不抬，自個兒喝了兩杯酒。

陶如意也不去管他，挨著柳絮說著悄悄話。

夜深人靜時，李承元回房間看到陶如意，直接走過去一把將人摟住，道：「娘子，我們得加把勁才是。」

陶如意被他這麼一句話說得莫名其妙。「你喝醉了？快去把醒酒湯喝了，別明日起來頭疼了。」

「還是娘子關心我。」李承元乖乖去把醒酒湯喝下，走過來又開始動手動腳，捧著陶如意的臉就要親過去。

他知道耳垂是陶如意的敏感地帶，一步一步進攻。陶如意今兒個高興，也就不再推託，不一會兒就癱軟在他的懷裡。

「娘子，娘子，我也想當爹了……」

這話說得好笑，看來真的吃醋了。「郎君，你慢點……」

床帳裡，心醉神迷的聲音此起彼伏……

番外

陶如意的身體不是很好，後來李承元讓李大夫給她調理調理，一直循序漸進地養著。

兩人成親一年多，還沒有好消息傳出來，陶如意和李承元不急，反而是秦氏和徐娘兩個大人急得很，天天問陶如意如何如何。

徐娘聽了秦氏的主意，還去東山村找那些偏方來給陶如意試試，陶如意只能硬著頭皮喝那苦澀的湯藥。李承元知道了，委婉的告訴岳母不要著急，一切順其自然。

陶文清和秦氏對含飴弄孫一直很期待，連遠在上桐城的安順王都時不時來個密報問問，這讓陶如意有了壓力，所以徐娘和秦氏給的偏方二話不說就喝下，有多苦就有多大的期望。

可是，好像沒啥作用啊！

本來李承元都沒怎麼在意的，自從知道葉時然和柳絮有了孩子後，他就開始不淡定了。

兩人都比他和陶如意晚成親，卻是先有喜，他的面子往哪擱啊？

有了這個理由，他更加賣力愛撫陶如意，兩人鴛鴦戲水，比翼雙飛，如膠似漆。

陶如意都默許了他的狂野不羈，肆意放縱。

可是，依然沒有好消息降臨。

李承元瞧著陶如意受累，直接選擇放棄自己的「肆意掠奪」行為。

兒孫緣就順其自然吧！

可是，一明大師都說陶如意的身體養得很好，怎麼就懷不上呢？

後來，徐娘帶著秦氏去靈隱寺求籤，拜送子觀音，添了好幾兩香油錢。柳絮都要生了，徐娘祈求女兒順順利利把孩子生下來。

葉時然去大興述職了，柳絮懷孕就沒有跟著去，因為長途跋涉不方便，不過他來信說會回來陪產。

秦氏和徐娘兩人才坐上馬車，外頭就響雷不斷，轟隆隆的，聽著心驚。

早上出門時天氣晴朗，這會兒卻變了天，烏雲壓頂，車夫急急忙忙地趕著馬車往忘憂矣館去。

兩人才下了馬車，春花就急匆匆走過來跟她們說柳絮姊姊要生了，然後莊主夫人暈倒了！

莊主夫人暈倒，柳絮生孩子，大家都急死了。

李承元早已快馬加鞭趕過來，還讓人把李大夫接了過來，陶如意平時身體都好好的，怎麼會暈倒呢？

經過四個時辰，柳絮生了個白白胖胖的兒子，葉時然也算是趕回來第一個抱了他的兒子。

這一邊，陶如意躺在床榻上，大家圍在一旁伺候著，個個面帶笑容。李承元更是沒了一貫的矜持和冷漠，嘴角總是上揚著。

原來陶如意懷孕兩個多月了，而且有可能是雙胞胎。

李承元迅速寫了一封信，把他要當爹的好消息告訴遠在千里之外的安順王，讓他的老爹高興一下，順便也讓年輕皇帝知道一下，找女人還是得用心找。這不，他這個堂皇弟才成親一年都有孩子了，他當皇帝的娶了那麼多女人，到現在才只有一、兩個兒子，得繼續加油才行啊！

陶如意不知道枕邊人這麼得意，她這幾個月累得很，肚子大得如籮，她都想快點卸貨，做自己喜歡做的事情。

熬過了懷胎十月，陶如意終於生下白白胖胖的一男一女。

李承元見陶如意這麼辛苦，跟陶如意說就好好養著這兩個孩子就行，別人要去生多少是別人的事，他們只管逍遙自在。

又一個十年過去，忘憂矣館的生意依舊紅紅火火，寧哥兒和王小胖兩小子走上了仕途之路，蘇清在上桐城風生水起，葉時然被派到離梅隴縣不遠的利州，柳絮還在忘憂矣館跟著陶如意。

李承元和陶如意的龍鳳胎越大越調皮，葉時然的兒子總是受他們欺負，不過也只是小打小鬧罷了。

看著這一切，終究有了「現世安穩，歲月靜好」的美好。

——全書完

2021年3月出版

無顏福妻

文創風 935～936

一個是名聲敗壞的醜媳婦，一個是命裡剋妻的粗漢子，
老天爺偏將他們湊成一對，搬演「負負得正」的逆轉人生！

在這人皆愛美的世道，醜妻也能出頭天！／柴可

在現世遇人不淑，穿越到古代農村卻成了聲名狼藉的醜女，
不僅未婚夫嫌棄她而毀婚，連後娘想強嫁她還得倒貼銀子，
活得人緣奇差無比，歸根究柢還不都是長相問題……
只不過，在這愛美惡醜的世道，偏偏就是有人逆著行，
好比眼下這個現成的丈夫，雖然是打獵維生的粗漢子，
但對著她這副「尊容」親得下去，同床共枕也睡得下去，
還百般許諾要對她好，把她當作寶來疼，這肯定是真愛了！
當她貌醜時，他都如此厚待，等她變美時，更是愛妻如命，
他曾為了從山匪手中救下她，孤身一人涉險就端掉整個山寨，
這般膽識放眼鄉野絕沒有第二人，可以說這個丈夫真沒得挑。
夫妻做些買賣低調地在山裡發家致富，小日子過得正愜意，
孰料，病情告急的太子登門認親，懇請丈夫從獵戶改行當儲君？
明明是羨煞旁人的榮華富貴，他們夫妻倆卻是千百個不願意啊……

2021年3月出版

針愛小神醫

文創風 932~934

不是溫阮要自誇，她醫術精湛，一手針灸之技更是使得出神入化，
偏偏她如今只是個孩子啊，這身本領太高強，擺明了是招人懷疑的，
幸好從小跟在鬼手神醫身邊，於是她靈機一動宣稱是老人家收的徒弟，
而且還是天分極高、師父本人都稱讚不已兼之相見恨晚型的那種高徒，
反正老神醫已然死無對證，一切都是她這個小神醫說了算啊！

活死人，肉白骨／迷央

她這是穿書了？而且還穿到了昨天才剛看過的一本小說裡？
欸……她是很慶幸自己沒穿成那個草菅人命、三觀不正的女主啦，
但成為一個因愛上男主導致全家被女主害死的砲灰小女配，是有比較好嗎？
照原書發展，因為她的關係，接下來她大哥會死掉、二哥會斷腿、三哥會毀容，
無論如何她都要力挽狂瀾、扭轉命運，不能邁向書中設定好的喪門星之路啊！
為了小命著想，溫阮打定主意要避開書中的男女主角，不與他們有交集，
無奈人算不如天算，她因同情心氾濫而救了許多人，引來女主注意，
甚至因同病相憐的緣故，救了本該英年早逝的砲灰男配墨逸辰，
她記得這位鎮國公世子驍勇善戰、用兵如神，是女主埋藏於心之人，
但，他啥時成了自己的未婚夫啊？還人盡皆知？這下女主還不恨透她？
她本想趁年輕時好好瞧瞧京都府各家的小公子們，看有無合她眼緣的，
誰知才提了一嘴，這位掛名未婚夫立即罵她胡鬧，說這些事不用考慮，
不是啊，他自己說了不娶她的，怎的還不許她相看人家？這太沒天理了吧？
算了，反正她目前既要醫不良於行的師兄，又要治太后外孫女臉上的疤及心疾，
姑且就先聽他的，不規劃終身大事了，她這是沒空，可不是怕了他喔！

2021年2月出版

學渣大逆襲

文創風 930～931

雖然一場高燒喚起上輩子的記憶，但學渣到哪裡都是學渣啊～～
只是她躲在樹下為考試成績傷心一場，怎知樹上躲了一個學霸?!
這下尷尬撞窘迫，學渣遇學霸，還會有比這更慘的場面嗎……

當學渣巧遇學霸，戀愛求學兩不誤／鍾心

要不是幼年一場高燒，秦冉也不會恢復上輩子的記憶，知道自己並非當代人；
問題是那些記憶也不多，她偏又投生在一個讀書至上的朝代，
而且秦家滿門學霸，就她一個學渣，連前世記憶都幫不了，真心苦啊～～
她從小小學渣長成小學渣，又背負家人期許考入當朝最頂尖的書院，
雖然應試時考運有如神助，可一入學，琴棋書畫、騎馬射箭樣樣都為難她！
除了一手好廚藝，她在書院中仍是末段班的末段生，
眼看家人同學都為自己心急，但她似乎少根筋，讀書總是沒起色；
這一日，努力又落空的成績令她備受打擊，只想躲到書院後山獨自哭一回，
偏偏她在樹下哭，樹上怎麼突然出現一個男同學?!
而且這同學不是別人，正是成績輾壓全書院的大學霸沈淵！
被學霸目睹如此尷尬的場景，她當場手足無措，沒想到他不但好心安慰自己，
打從隔天起，兩人便幾次三番地相遇，連上課都意外受到他的指點、鼓勵；
即便因為沈淵「青睞有加」，讓她在學院「出盡鋒頭」，卻也逐漸開竅，
既然如此，就讓她抱緊學霸的大腿，順利度過求學生涯吧～～

筆上談心，紙裡存情／清棠

2021年2月出版

書中自有圓如玉

看著書上突然浮現的墨字，憑空出現，又慢慢消失，
雖說子不語怪力亂神，他仍是被這陡然出現的異相給驚住，
奇怪的是，除了他以外，旁人竟完全看不見，
日復一日，那歪七扭八的墨字就沒停過，簡直陰魂不散，
所以說，他這是碰上什麼妖魔鬼怪了嗎？

文創風 923 1

嗎呀，她這是大白天的活見鬼了嗎？
好好地在自家書房抄縣誌，宣紙上卻突然浮現「你是何方妖孽」幾個字，
沒搞錯吧？她才想問問對方究竟是妖是鬼咧！
鼓起勇氣細問之下才知道，原來這人已經看她抄了半月有餘的縣誌，
倘若這話是真的，那這傢伙比她還慘啊，畢竟她每天從早抄到晚，字還醜！
問題來了，他們兩個普通「人」之間，為什麼會出現這種筆墨相通的狀況？
難道……是穿越大神特地贈送給她祝圓的金手指小禮物？
但所有的紙張、書本甚至連字畫上都能浮現字，她還怎麼讀書、練字啊？

文創風 924 2

祝圓此生的心願不大，只希望能當個米蟲，悠閒地過上滋潤的日子就好，
可她身為一名縣令的女兒，卻還要操心家裡銀錢不夠用是怎樣？
原來爹爹為官清廉，做不來搜刮民脂民膏的事，自然沒油水可撈，
雖然娘親跟她再三保證，他們不至於會挨餓受凍的，
因為京城主宅那邊會送些錢過來，再不濟她娘手上也還有嫁妝呢，
但她聽完只覺得震驚啊，她爹堂堂縣令竟還在啃老？甚至還可能要吃軟飯？
再者，她家手頭這麼緊了，卻還養著一批下人，光飯錢就是一大開銷，
這樣下去不成，既然無法節流，當務之急她得想辦法掙些錢貼補才行啊！

文創風 925 3

祝圓賺到了人生的第一桶金，成功讓爹娘對她的經商能力刮目相看，
與此同時，跟那個神祕筆友的交流也依然持續進行中，
雖然還是不知這人的來歷，但能肯定對方是個男的，並且家世相當不錯，
這還得從兩人聊到朝廷不給力、害得老百姓這麼窮苦一事說起，
正所謂「要致富，先修路」，但朝廷修的路，那能叫路嗎？
晴天是灰塵漫天，雨天又泥濘不堪，當然啥經濟也發展不起來啊！
於是她指點了水泥這條明路，結果他真弄出來築堤、造路，來頭還能小嗎？
話說，水泥是她提的主意，他應該不會這麼小氣，不讓她抽成吧？

文創風 926 4 完

來錢的事祝圓都不吝跟她親愛的筆友三皇子分享，畢竟她撐不起這麼大的攤子，
直接跟謝崢說多好，事成之後他還會分她錢呢，她這是無本生意，穩賺不賠啊！
既然兩人關係這麼好，那應該能託他調查一下家裡幫她相看的幾個對象吧？
模樣啥的都是其次，會不會喝花酒、有無侍妾、人品好不好才重要，
結果好了，他說這個愛喝花酒、那個有通房了，總之就沒一個配得上她的！
要不，請他幫忙介紹一個良配？他倒也爽快，一口就應了她，
可到了相親之日，說好的對象卻成了他自個兒！這是詐騙兼自肥吧？
再者，她想嫁的是家中人口簡單的，但他根本身處全天下最複雜的家庭啊！

風 文創 946

落難千金翻身記 下

國家圖書館出版品預行編目資料

落難千金翻身記 / 溪拂著. --
初版. -- 臺北市 : 狗屋出版社有限公司, 2021.04
冊 ; 公分. --（文創風 ; 945-946）
ISBN 978-986-509-203-0（下冊 : 平裝）. --

857.7 110003812

著作者 溪拂
編輯 王冠之
校對 陳依伶
發行所 狗屋出版社有限公司
地址 台北市104中山區龍江路71巷15號1樓
電話 02-2776-5889～0
發行字號 局版台業字845號
法律顧問 蕭雄淋律師
總經銷 知遠文化事業有限公司
電話 02-2664-8800
初版 2021年4月
國際書碼 ISBN-13 978-986-509-203-0

本著作物由北京晉江原創網絡科技有限公司授權出版

定價260元
狗屋劃撥帳號：19001626
網址：love.doghouse.com.tw E-mail：love@doghouse.com.tw